U0867115

作家榜经典文库

读经典名著，认准作家榜

大方
sight

The Time Machine

时间机器

[英] 赫伯特·乔治·威尔斯 著
陈震 译

中信出版集团 | 北京

目录
CONTENTS

冰雹在时间机器上方的云端跳跃起舞，像烟雾般倾泻而下。
不一会儿我就全身湿透。

小机器突然掉转方向，变得模糊不清，一刹那间犹如幽灵，
像泛着微光的黄铜和象牙形成的漩涡。

一大群人如漩涡般将我团团包围。他们穿着艳丽柔软的长袍，
四肢皮肤白皙闪亮，沉浸在一阵阵悦耳的欢声笑语之中。

黑暗中，一双眼睛在阳光的反射下熠熠生辉，正盯着我看。

像大机器一样的庞然大物突兀在昏暗中，投下怪诞的黑影，
鬼魂般的莫洛克人就在里头躲避着光亮。

大门敞开着，已经坏掉了。里面不是通常的大厅，
而是一个被许多侧窗照亮的长廊，乍看像是博物馆。

我无比惊讶地发现其他的莫洛克人在仓皇逃窜，
像一条川流不息的小溪般从我身后涌向树林深处。

我一拉之后，紧紧抓住我的手纷纷滑落。黑暗旋即从我眼前消失，
我发现自己又回到了我曾描述过的那种灰光和混沌之中。

它邪恶的眼睛在眼柄里扭动，嘴巴流着哈喇子，
丑陋的大螯上沾着泥藻，正朝我落下来。

第一章

时间旅行者（这样称呼他比较方便）正在给我们阐述一个深奥的问题。他灰色的眼睛闪耀着光芒，一向苍白的脸这会儿红光焕发。炉火烧得很旺，银质百合花灯罩里的白炽灯泛着柔光，映在我们杯中一闪即逝的泡沫上。我们的椅子是他的专利，它们与其说是顺从地让我们坐着，不如说是在拥抱爱抚着我们。晚餐后的气氛非常惬意，我们任由思绪恣意驰骋。他边说边用瘦削的食指比画着要点，我们则懒洋洋地钦佩着他的多产，以及他对这个新悖论（在我们看来）的热忱。

“你们得仔细听我讲。我不得不反驳一两个几乎普遍公认的看法。比如，你们在学校里学的几何就是建立在误解之上。”

“开头就跟我们讲这个，话题未免太大了？”菲尔比说。他一头红发，喜欢抬杠。

“我并不是要你们接受任何无稽之谈。你们很快就会赞同我的。你们一定知道，数学上的一条线，一条没有厚度的线，实际上是不存在的。他们教过这个吧？没有厚度的平面也不存在。这些不过是抽象概念。”

“没错。”心理学家说。

“仅有长度、宽度和厚度的立方体也不存在。”

“这我不同意，”菲尔比说，“立方体当然可以存在。所有真实的东西——”

“大多数人都是这么认为的。但是等一下，一个转瞬即逝的立方体能够存在吗？”

“不明白你的意思。”菲尔比说。

“一个持续时间为零的立方体，能够真实存在吗？”

菲尔比陷入了沉思。

“显而易见，”时间旅行者继续说道，“任何实体都有四个维度：长度、宽度、厚度，以及持续时间。但由于人类天生的弱点，我们往往会忽略这个事实，这一点我稍后跟你们解释。的确有四个维度，前三个我们称之为‘空间’的三个平面，而第四维就是时间。然而，人们习惯于在前三个维度和第四维之间划上假想的界限，因为我们的意识从出生到入土都在断断续续地沿着第四维的方向前进。”

“这，”一个小年轻笨拙地在灯焰上重新点燃他的雪茄，“这……非常清楚。”

“真叫人惊讶啊，被忽略到这个程度，”时间旅行者谈兴更浓了，接着说道，“实际上这就是第四维的含义，尽管有些谈论第四维的人并不明就里。这只是另一种对时间的看法。我们的意识沿着时间前进，除此之外，时间和三维空间的任何一维都没有区别。但某些蠢货曲解了这个观点。你们听到过他们聊第四维吗？”

“还没有。”市长说。

“简单来说，在数学家看来，空间具有长度、宽度和厚度这三个维度，而且总可以用三个互相垂直的平面来界定。但是有些哲人老是要问，为什么就特定是三个维度呢？为什么另外一维就不能与这三维互相垂直？他们甚至试图创立四维几何。就在大约一个月前，西蒙·纽康[1]教

1 西蒙·纽康（Simon Newcomb，1835 — 1909），美国籍加拿大天文学家、数学家暨科幻小说作家。

授还向纽约数学协会阐述了这一点。你们知道二维平面可以表现三维实体，同样地，他们认为可以通过三维模型来表现四维——只要他们能够掌握透视法。明白了？”

“我觉得是，”市长咕哝道。他蹙紧眉头，陷入了自省，嘴唇像念咒语般翕动着。过了一会儿，他眉头忽地一展，“是的，现在我明白了。”

“好，不妨告诉各位，我研究四维几何有段时日了。我的部分研究结果很不寻常，比如说，这张是一个男性八岁时的肖像，这一张是他十五岁时的，还有他十七岁时的，二十三岁时的，诸如此类。这些显然都是三维切面，展现了他固定不变的四维生命。”

“科学家们，”时间旅行者稍作停顿，给大家时间加以领会，接着继续说道，“再清楚不过，时间只是空间的一种。这是一张通俗的科学图表，记录天气的，我指着的这条线显示了气压的变化。昨天白天太高了，到昨晚有所下降，今天早上又升了上去，缓缓升到了这里。水银柱肯定没有沿着公认的那三个维度移动吧？但它必然沿着一条线移动，所以我们能够断定，那条线是时间维度。”

“但是，”医生使劲盯着炉火里的一块煤说，“如果时间真的只是空间的第四维度，那为什么它一直被视为不同的东西？为什么我们不能像在三维空间里那样在时间维度里四处移动？”

时间旅行者微笑道：“你那么确定我们能在空间里自由移动？向左向右不成问题，向前向后也畅通无碍，人们经常这么做。我承认我们能在二维空间里自由移动，但是向上向下呢？我们受到了地心引力的限制。”

“未必，”医生说，“有气球。”

“但在气球问世之前，除了间歇性跳跃或地势不平坦外，人类尚不能自如地垂直移动。”

“但还是能小幅度上下移动。”医生说。

“向下要比向上容易，容易得多。”

“你没法在时间维度里移动，你没法离开当下。”

“亲爱的先生，这你就错了。整个世界都在这里错了。我们经常从当下离开。我们的精神存在是非物质的，没有维度，从我们出生到死亡，它一直沿着时间维度匀速前行。就像如果我们身处五十英里的高空，就会向下移动一样。”

“难点在这里，”心理学家打断道，“你可以朝空间的各个方向移动，但你无法在时间中穿梭。”

“那是我的伟大发现的萌芽。不过，你说我们无法在时间中穿梭这话不对。比方说，如果我在生动地回忆某件事，我便回到了它发生的时刻，就像你说的，我出神了。那一刻我回到了过去。当然，我们没法子在过去停留一段时间，就像一个野人或一头动物没办法停留在六英尺高的空中。不过在这方面，文明人要胜过野蛮人，他可以利用气球克服地心引力往上升。那他为什么就不能冀望自己最终能在时间维度里停下、加速，乃至换个方向前进？”

“哦，”菲尔比开始说道，“这完全——”

“为什么不行？”时间旅行者说。

“这违背常理。”菲尔比说。

“什么常理？”时间旅行者说。

“你能把黑的说成白的，”菲尔比说，“但你永远说服不了我。”

“也许吧，”时间旅行者说，“但你开始明白我研究四维几何的目的了吧。很久以前，我隐约有了个念头，想造一台机器——”

“去穿越时空！”小年轻惊叫道。

“它朝时空的任何方向行驶都无妨，由驾驶它的人说了算。”

菲尔比满足地笑了。

“但我有实验为证。”时间旅行者说。

“这大大方便历史学家了，”心理学家建议说，“譬如，他可以穿越回去，核实史书上关于黑斯廷斯战役[1]的记述！”

“你不觉得你会引发关注？”医生说，“我们的祖先可容忍不了时空错乱。”

“可以直接从荷马和柏拉图嘴里学希腊语了。”小年轻思忖道。

“那学位预考他们肯定不放你过。希腊语被德国学者改良了好多。”

“还有未来呢，”小年轻说，“想想看！可以把全部身家用来投资，放在那儿生利息，再迅速赶到未来！”

“去发现一个社会，”我说，“严格建立在共产主义基础上的。”

“全是些不切实际的谬论！”心理学家说。

“是的，我也这么觉得，所以我一直闭口不谈，直

---

1 黑斯廷斯战役（The Battle of Hastings），1066年10月14日，英格兰国王哈罗德·葛温森的盎格鲁－撒克逊军队和诺曼底公爵威廉一世的军队在黑斯廷斯地域进行的一场交战，以征服者威廉获胜告终。此战也被认为是欧洲中世纪盛期开始的标志。

到——”

“被实验证实了！”我大叫道，“你要证明它？”

“实验！”菲尔比喊道，他的脑子有点转不动了。

“不管怎样，让我们一睹你的实验吧，”心理学家说，“虽然尽是些骗人的把戏，你知道。”

时间旅行者对我们微微一笑。接着，他依然面带微笑，双手深深地插进裤袋，慢慢地走出房间。我们听到他趿拉着拖鞋，沿着长长的走廊缓缓走向他的实验室。

“他有什么名堂？”心理学家看着我们说。

“唬人的花招罢了。”医生说。菲尔比跟我们讲起他在伯斯勒姆看到的魔术师，结果刚开了个头，时间旅行者就回来了，菲尔比的趣事戛然而止。

时间旅行者手里拿着一个闪闪发光的金属框架，勉强比小时钟大点儿，做工非常精致，里面有象牙和透明的晶状物质。

现在我必须原原本本地讲述，因为接下来发生的事情根本无法解释——除非人们接受他的解释。屋里零散摆着几张八角形的小桌子，他把其中一张挪到壁炉前，两条桌腿搁在炉前的地毯上。接着他把机械装置放到桌上，拖过一把椅子坐了下来。

桌上仅有的另一件东西是一盏带灯罩的小台灯，明亮的光线落在装置上。周围还燃着大约一打蜡烛，两支插在壁炉架的黄铜烛台上，还有几支插在壁式烛台上，把屋里照得亮堂堂。

我在炉火边的一把矮扶手椅上坐下，把椅子朝前挪了挪，几乎坐到了时间旅行者和壁炉之间。菲尔比坐在他后面，小心提防着危险。医生和市长从右边朝他看着，心理学家则从左边看过来。小年轻站在医生背后。我们全都保持着警惕。在我看来，他的把戏构思得再巧妙，完成得再娴熟，都甭想逃过我们的眼睛。

时间旅行者看看我们，又看看装置。

“好了？”心理学家说。

“这个小玩意只是一台模型，”时间旅行者把胳膊肘放在桌子上，双手按在装置顶上说，“我计划造一台能够穿越时空的机器。你们能注意到它看起来歪歪扭扭的，而且这根杆子闪闪烁烁，有不真实之感。”他指向那个部件说，“还有，这是一根白色的小操纵杆，这边也有一根。”

“做得真漂亮。”医生从椅子上站起来，凝视着它说。

“花了我两年功夫呢，”时间旅行者回嘴道。当我们都模仿起医生的动作时，他说，“现在，希望你们能清楚地明白，按下这根操纵杆，这台机器就能驶向未来，而按下另一根则将驶回过去。这个鞍座代表时间旅行者的座位。我马上就要按下这根操纵杆，机器就会出发。消失，进入未来时空，无影无踪。仔细看这玩意儿，还有这张桌子，确信我没有使诈。我可不想浪费了一台模型，还被说成是江湖骗子。”

大家一言不发，持续了约一分钟。心理学家似乎想跟我说些什么，但欲言又止。时间旅行者将手指伸向操纵杆。“不，”他突然说道，“借你的手一用。”他转向心理学家，抓住那家伙的手，要他伸出食指。所以是心理学家把时间机器模型送入了无止境的旅程。

我们都目睹了操纵杆的转动，我百分百肯定没有耍花招。一股风儿蓦地袭来，台灯里的灯焰一阵摇曳，壁炉架上的一支蜡烛被吹灭了。小机器突然掉转方向，变得模糊不清，一刹那间犹如幽灵，像泛着微光的黄铜和象牙形成的漩涡。消失不见了——无影无踪！除了那盏台灯，桌上空空如也。

众人沉默了一会儿。菲尔比说他见鬼了。

心理学家从恍惚中缓过神来，冷不丁地朝桌下望去。时间旅行者笑逐颜开。“好了？”他学着心理学家刚才的口吻说。接着他起身走到壁炉架上的烟丝罐前，背对着我们往烟斗里面塞烟丝。

我们面面相觑。“听着，”医生说，“你是来真的吗？你真的相信那台模型已经在进行时间旅行了？”

“当然，”时间旅行者说着，弯腰在炉火上点燃一根长梗火柴。然后他转过身，一边点烟斗，一边看着心理学家的脸。（心理学家故作镇定，拿起一支雪茄，茄帽都没剪就点了起来。）“此外，我那里还有一台大机器，几近完工了，”他指着实验室说，“等装配好了，我要亲自旅行一回。”

“你意思是说那台模型已经去了未来？”菲尔比问。

“去了未来，或是回到了过去——我不能确定是哪一个。”

过了一会儿，心理学家来了灵感，“它要是去了哪儿，必定是回到了过去。”他说。

“为什么？”时间旅行者问。

“因为我认为它在空间里没有移动。如果它去了未来，那它应该还在这里，因为它一定穿过了这段时间。”

“可是，”我说，“如果它回到过去了，那我们刚才进屋时应该能看到它，上周四，还有上上周四都能看到，诸如此类！”

“有力的反驳。”市长转向时间旅行者说道，一副不偏不倚的样子。

“一点也不，”时间旅行者说着转向心理学家，“你想想看，你能给出解释。它的外观低于阈值，你知道，稀释的外观。”

“当然，”心理学家打消我们的疑虑道，“这是一个简单的心理学观点。我早该想到的。非常清楚，有助于解释这个矛盾现象。我们无法看见，也无法欣赏这台机器，就像我们看不见飞旋的轮子和飞行的子弹一样。如果它的行进速度比我们快五十或一百倍，它都走了一分钟了我们才走了一秒钟，那它留下来的印记就是它没进行时间旅行时的五十分之一或一百分之一。这很清楚。”他把手伸进时间机器模型原先摆在的空间。“你们明白了吗？”他笑着说。

我们坐下来，盯着空荡荡的桌子看了一会儿。时间旅行者问我们有何感想。

“今晚听起来很有道理，”医生说，“等明天吧，等上午头脑清醒了再说。”

“你们想看真正的时间机器吗？”时间旅行者问道。他提着灯，领着我们穿过有穿堂风的长廊，走向他的实验室。我清晰地记得摇曳的灯火，影子的舞动，他奇特大脑袋的黑色轮廓，记得我们都满腹狐疑地跟在他身后，以及随后在实验室里注视消失的小机器的大号版。有些部件是镍制的，有些是象牙的，还有些是用水晶石锉平或锯成的。机器大体上已经完工，只剩下水晶弯杆没有做好，它们放在长形工作台上，旁边有几张图纸。我拿起一根打量了一番，似乎是石英的。

“听着，”医生说，“你是认真的吗？还是在耍花招？像你去年圣诞节给我们展示那只鬼一样？”

“我打算坐着这台机器，”时间旅行者把灯举高说，“去探索时间。我说得明白吗？我这辈子从来没有这么认真过。”

我们都不知道该怎么接话。

我的视线越过医生的肩，正好和菲尔比的目光撞在一起，他郑重其事地朝我使了个眼色。

第二章

我想当时我们谁都不相信时间机器。事实上，时间旅行者是个聪明到叫人不敢相信的人。你从来不会觉得自己看透过他，你总是怀疑他的坦率背后有所保留、埋有玄机。如果是菲尔比跟我们展示这台模型并用时间旅行者的话来解释此事，那我们才不会如此怀疑——我们一定能看出菲尔比的动机，连卖猪肉的都懂菲尔比。但是时间旅行者老是突发奇想，我们不信任他。能让一个不如他聪明的人扬名立万的事情，到他手里就成了鬼把戏。他错在做什么都易如反掌。把他当回事的那些严肃的人从来都捉摸不透他的行为：他们知道，把自己有眼光的名声托付给他，无异于用蛋壳般易碎的瓷器来装点托儿所。所以，从那个周四到下一个周四期间，我们都没怎么聊时间旅行的事儿。

不过毫无疑问，我们中的多数人脑海里都萦绕着它吊诡的可能性：它貌似有理，实则不可思议，或将出现时代错乱、混乱不堪的局面。就我个人而言，我对那台模型的鬼把戏格外感兴趣。我记得周五跟医生讨论过。那天我在林尼安遇到了他，他说在蒂宾根见过类似的把戏，并且特别强调蜡烛被吹灭了。至于其中的奥妙，他无法做出解释。

下周四我又去了里士满，我想我是时间旅行者最勤的访客之一。我到得晚，客厅里已经聚集了四五个人。医生站在壁炉前，一手拿着一张纸，一手拿着他的表。我四下张望寻找时间旅行者。“现在已经七点半了，”医生说，“我看我们最好先吃晚餐吧？”

“怎么不见——？”我说出主人的名字。

“你刚来？真怪。他无奈被耽搁了。他留了张便条，说如果七点还没回来，就让我带领大家先吃。他说他回来后会跟我们解释。”

“由着饭菜坏掉怪可惜的。”一家知名日报的编辑说。医生随即摇铃召唤大家吃饭。

除了医生和我，在座的只有心理学家出席过上一次晚宴。此外，还有先前提到的编辑布兰克、某位记者，以及一个留着大胡子、安静腼腆的男性。这人我不认识，据我观察，他整晚上都没有开口说话。席间，大家猜测着时间旅行者缺席的原因，我半开玩笑地说他去时间旅行了。编辑想知道是怎么回事，心理学家自告奋勇，对那天目击的“巧妙的悖论和把戏”做了一番笨拙的描述。他正在阐述之时，通往走廊的门悄无声息地缓缓打开了。我正对着那扇门，第一个看到。

“你好！”我说，“终于！”

这时门开得更大了，时间旅行者站在我们面前。我惊呼了一声。“天哪！老兄，发生了什么事？”第二个看到他的医生叫道。整桌人都转身朝门口望去。

他看上去狼狈不堪：外套布满灰尘、脏兮兮的，袖管沾着绿色的污迹；头发凌乱，更显灰白，也不知道是沾了尘土，还是发色本身变浅了；脸色惨白，下巴上有一道尚未愈合的褐色伤口；神情憔悴，像遭受了巨大的痛苦。他在门口犹豫了片刻，像被灯光刺花了眼。接着他一瘸一拐地走进了房间，像路走多了脚痛的流浪汉。我们默默地凝视着他，等待他开口说话。

他一言不发，费力地走到桌边，朝酒瓶打了个手势。编辑斟满一杯香槟，推到他面前。他一饮而尽，这似乎对他管用，就见他扫视起一桌人，脸上隐隐掠过一丝熟悉的微笑。

“你到底去哪了，老兄？”医生问。

时间旅行者似乎没有听见。“我不打扰你们，”他的声音有点颤抖，“我没事。”他伸出杯子示意再添，又是一口喝光。“很好。”他说。他的眼睛变亮了，双颊有了点血色。他的目光掠过我们的脸庞，略带赞许之意，接着在温暖舒适的屋里扫了一圈。随后他又开口了，依旧言辞谨慎。“我去洗个澡，换身衣服，回来再给你们解释……给我留点羊肉，我急需吃肉。”

他朝编辑望去，这是一位稀客，时间旅行者希望他没事。编辑开始发问。“马上告诉你，”时间旅行者说，“我——很滑稽！一会儿就好。”

他放下酒杯，走向通往楼梯的那道门。他一瘸一拐的样子和绵软的脚步声再次引起我的注意。他出门时我站了起来，看清了他的脚。鞋都没穿，就套着一双血迹斑斑的破袜子。门在他身后关上了。我有点想跟上去，但我想起他厌恶别人对他的事大惊小怪。我胡思乱想了一会儿，直到听见编辑说：“杰出科学家的惊人之举。”他出于职业习惯，在琢磨报纸的大字标题了。我的注意力又被拉回到明亮的餐桌。

“他在玩哪一出？”记者问，“扮演业余乞丐吗？我看不明白。”我和心理学家的目光不期而遇，他的表情告诉我，我们的看法一致。我的脑子里闪现出时间旅行者跛着脚吃力上楼的一幕。我认为他们都没注意到他的脚跛了。

医生最先从惊诧中完全缓过来，他摇铃示意要个给食物保温的小炉子——时间旅行者不喜欢仆人站在桌旁侍候。编辑嘟哝一声拿起刀叉，那个沉默不语的男人也跟着照做。

晚餐继续进行，餐桌上的对话一度发展成大呼小叫，夹杂着啧啧惊叹。编辑的好奇心越发强烈。“我们的朋友是靠渡海来贴补微薄的收入？还是经历了尼布甲尼撒二世[1]的遭遇？”他问道。

“我确信这跟时间机器有关，”我接过心理学家刚才的话茬，把上次聚会的事继续讲了下去。

新来的客人们一脸狐疑。编辑提出异议，“时间旅行

---

1 尼布甲尼撒二世（Nebuchadnezzar II，约前 634 — 前 562），位于巴比伦的迦勒底帝国最伟大的君主，因在首都巴比伦建成著名的空中花园而为人赞颂，同时也因毁掉了所罗门圣殿而为人熟知。他曾征服犹大王国和耶路撒冷，并流放犹太人。《但以理书》中称他曾离开宫殿，在野外田间以吃草为生，与兽无异地生活了七年，之后神智才恢复正常。

到底是什么？一个男人没法在奇谈怪论里滚一身灰，是吧？”接着他想到了什么，开始讽刺道，“难道未来的人们没有掸衣服的刷子？”记者也压根不信，加入编辑对整件事情横加嘲讽。他俩都是新式的新闻工作者——那种天性快乐、不恭不敬的年轻人。“我们的特约记者后天报道……”记者正说着，更确切地说是喊着，时间旅行者回来了。他穿着一身普通的晚礼服，除了面容依旧憔悴，刚才吓我一跳的那副模样已经不复存在。

“我说，这些家伙说你穿越到下周去了！跟我们大家讲讲小罗斯伯里[1]的事，行吗？你觉得他的命运如何？”编辑非常诙谐地说。

时间旅行者一声不吭地走到给他留的座位，用他惯常的方式静静地笑了笑。“我的羊肉呢？”他说，“又可以用餐叉叉肉啦，真是乐事一桩！”

“故事！”编辑喊道。

“去他妈的故事！”时间旅行者说，“我想吃东西。蛋

---

1 小罗斯伯里（Little Rosebery，1847 — 1929），或指英国自由党政治家、第五代罗斯伯里伯爵阿奇博尔德·普里姆罗斯（Archibald Philip Primrose），他于 1894 年 3 月至 1895 年 6 月间任英国首相。

白胨没进入我的动脉之前，我是一个字也不会说的。谢谢。还有盐。”

“就问一句，”我说，“你去时间旅行了？”

“是。”时间旅行者嘴里塞得满满的，点头说。

“我愿以每行一先令的价格买下你的口述实录。”编辑说。时间旅行者将酒杯推向那位沉默者，用指甲敲了敲杯子。一直盯着时间旅行者看的沉默者浑身直打哆嗦，开始给他倒酒。接下来，晚餐的气氛变得有些尴尬。就我而言，问题不断地冒到嘴边，我敢说在座其他人也是一样。记者讲起海蒂·波特的逸闻，试图缓解紧张的气氛。时间旅行者埋头对付晚餐，胃口好得像流浪汉。医生抽着烟，眯着眼看着时间旅行者。沉默者似乎比先前还要笨拙，他出于紧张，一口接一口地啜着香槟。终于，时间旅行者推开盘子，环视起众人。“我必须道歉，”他说，“我就是饿坏了。我经历了一段极其不可思议的时光。”他伸手拿了一支雪茄，剪掉茄帽。“还是去吸烟室吧。故事太长，不能在油腻的盘子前讲。”他顺手摇了摇铃，带领我们走进隔壁的房间。

“你已经跟布兰克、丹什和乔斯讲过机器的事了？”时间旅行者问我说。他仰靠在安乐椅上，说出三位新客人的名字。

“那纯属诡论。”编辑说。

“今晚我不争辩。我不介意把这个故事讲给你们听，但我不想争辩，”他接着说道，“如果你们想听，我会把我的遭遇告诉你们，但不要打断我。我想讲出来，非常之想。故事的大部分内容听起来像谎话。就这样吧！它是真的，每一个字都是真的。四点钟的时候我在实验室，随后，我度过了八天没有任何人过过的日子！我现在很疲惫，但是，不把这个故事讲完我是不会去睡觉的。讲完了再睡。但不许插嘴！同意吗？”

“同意。”编辑说。其他人也同声附和。时间旅行者开始讲述他的故事。起先他靠在椅背上，话语里透着疲倦，之后他就越说越来劲了。写下这个故事的时候，我深感自己笔力不足，尤其是不足以传神。我想你们会用心阅读，但是你们看不到小灯明亮的光圈下那张苍白而又真挚的脸，听不到他的语调，更无从知晓他随着故事的起伏而变化的神情！吸烟室里没有点蜡烛，所以听者大多坐在暗处，只有记者的脸庞和沉默者的小腿被灯光照亮。刚开始，我们还不时地互相瞥两眼，没过多久，我们就不这样了，全都目不转睛地看着时间旅行者的脸。

第三章

“上周四，我给你们中的几位讲述了时间机器的工作原理，还向你们展示了实验室里那台尚未完工的实物。它还在那里，旅行后有点损坏，一根象牙杆裂了，一根黄铜杆弯了，但其余部件完好无损。我原计划上周五完工，可周五那天就快组装完毕时，我发现有根镍杆短了整整一英寸，于是只好返工。因此它直到今天早上才大功告成。

“上午十点，首台时间机器开启了它的职业生涯。我最后一次轻轻拍了拍它，检查了所有的螺丝，在石英杆上加了一滴机油，然后坐上鞍座。当时的感觉就像一个自杀者用手枪抵着自己的脑袋，想知道接下来会发生什么。我一只手握住启动杆，另一只手握住制动杆，先按下启动杆，紧跟着又按下制动杆。

“我只觉天旋地转，像在噩梦中坠入深渊。我环视四周，实验室和原来完全一样。发生了什么事？一时间我怀疑自己的智力出了问题。然后我注意到了时钟，指针片刻前约莫指着十点零一分，可现在都快指向三点半了！

“我深吸一口气，咬紧牙关，双手紧握启动杆，就听‘砰’的一声，机器出发了。实验室里烟雾蒙蒙，越来越黑。瓦切特夫人走了进来，她显然没有看见我，径直朝花园的门走去。我估计她穿过这地方需要一分钟左右，然而眼前的她就像火箭一般飞驰过房间。我把启动杆一按到底，夜晚就像灯熄了般忽然降临，再一眨眼，已经到了明天。实验室里模糊不清、雾气弥漫，接着越来越模糊。明晚的黑夜来临了，接着又是白天、黑夜、白天，更替越来越快。旋转的低鸣声充斥着我的耳朵，一种奇怪的、令人瞠目结舌的慌乱感突然袭上心头。

“我恐怕传递不出时间旅行中的奇特感受。极为令人不快，就跟在陡坡急弯路段下坡的感觉一模一样——头朝下无助地俯冲！我还有种可怕的预感，觉得下一秒就会被撞飞。加速之后，昼夜更替犹如黑色翅膀的扑动。昏暗的实验室似乎就要离我而去，我看见太阳急速地掠过天空，每分钟都在跳动，一分钟标志一天。实验室怕是已经毁了，我已经来到了室外。我依稀记得看到了脚手架，但我的速度太快了，已经留意不到任何移动的物体，连爬得最慢的蜗牛都在我眼前飞掠而过。黑夜和白天在瞬息之间交换更迭，令我的眼睛疼痛难耐。间歇性的黑暗中，我看见月亮飞速地从新月旋转到满月，还隐隐看到盘旋的星斗。我继续行进，速度仍在加快，不一会儿，昼夜的悸动融成一片持续的灰色。天空呈现出美妙的深蓝色，犹如暮色初临时的壮丽色泽。剧烈跳动的太阳变成太空里一道明亮的火光，一座灿烂的拱门，月亮则变成一条暗淡的飘带。我完全看不到星星，只是偶尔看到一个光圈在蓝天中闪烁不定。

“景色模模糊糊的。我还在这座房子坐落的小山坡上。山肩耸立在我上方，灰蒙蒙的。树木的生长变化就像一团团水蒸气，时而棕、时而绿，成长、蔓延、颤抖、死去。高楼大厦拔地而起，若隐若现，像梦一般掠过。整个地球表面似乎都变了，就在我眼皮底下融化流动。仪表盘上显示速度的小指针越走越快，我注意到太阳带在夏至和冬至之间来回摆动，一分钟甚至更短就能往返一次。所以我的速度达到了每分钟一年。时间一分钟一分钟地过去，白雪掠过大地又消失，接踵而至的是明媚而短暂的春绿。

“出发时那种糟糕的感觉此刻已没那么强烈，最终演变成一种歇斯底里的兴奋。我的确觉察到机器在笨拙的摇晃，不知是何缘故。可我的脑子里稀里糊涂的，已经无暇处理。就这样，被疯狂攫住的我向未来直冲而去。起初，我没想过要停下来，除了那些新的感受外，我什么都没有想过。但是新的印象开始在我心里滋生——一种好奇心和随之而来的恐惧——最终完全控制了我。这个隐隐约约又难以捉摸的世界在我眼前飞速波动，当我仔细观察它的时候，什么人类的奇怪发展，什么初级文明的非凡进步，也许不会显现！我看到宏伟的建筑在我身边升起，比我们自己时代的所有建筑都要雄伟，然而它们似乎是由微光和薄雾建成。我看见一片更浓的绿色涌上山坡，停留在那里，丝毫未受冬天侵扰。虽然我的脑海里充满困惑，但地球看上去仍然美好。于是我打算停下来。

"停下来特别危险，因为我和时间机器所占的空间里可能有其他物质存在。只要我高速穿越时间，那就没有大碍。打个譬喻说，我变稀薄了，像水蒸气一般在物质间的空隙中滑动！可一旦停下来，我的一个个分子就会挤进挡道的东西里，这意味着我的原子同障碍物的原子发生亲密接触，以致产生强烈的化学反应，或许是一场剧烈的爆炸，其结果就是我和时间机器被炸到所有维度之外，进入未知世界。制造这台机器时，我再三想到这种可能性，但当时我把它当作一种不可避免的风险——一个男人必须要冒的风险——乐观地接受了！如今这风险已迫在眉睫，我的心态不再乐观。事实上，那无比陌生的万物，机身令人恶心的震动和摇晃，尤其是长时间的跌坠感，已经在不知不觉中把我搞得心烦意乱。我对自己说绝不能停下来，可凭着一股子任性，我又决定来个急停。我像个焦躁的傻瓜，使劲拉制动杆，机器立马旋转起来，把我头朝下猛甩了出去。

“一声惊雷在我耳边响起，我可能昏过去一小会儿。无情的冰雹在我周围嘶嘶作响，我坐在一块柔软的草皮上，面前是翻倒的时间机器。一切依然是灰蒙蒙的，但我马上发觉耳边的嘈杂声消失了。我环顾四周，我好像是在一座花园里的一块小草坪上，周围是杜鹃花丛。紫色的花朵被冰雹打得纷纷落下。冰雹在时间机器上方的云端跳跃起舞，像烟雾般倾泻而下。不一会儿我就全身湿透，‘真好客啊，’我说，‘如此款待一个穿越了无数年来见你们的人。’

“我觉得自己简直太傻，就这么任由雨水淋透。我站起身来，环顾四周，就见雾蒙蒙的滂沱大雨中，一座显然是用白石雕成的巨大石像在杜鹃花丛后面若隐若现。其他什么都看不见。

“我的感受难以名状。冰雹渐稀之后，白色石像变得清晰起来。它很高大，旁边一棵白桦树才到它的肩膀。石像是由白色大理石雕成，形状犹如长着翅膀的狮身人面像，不过这翅膀不是垂直安在两旁，而是伸展开来，仿佛在翱翔。底座看着像是青铜铸的，上面生了厚厚一层铜锈。石像的脸正好与我相对，一双盲眼好像在注视着我，唇上挂着淡淡的微笑。它饱经风雨，显露出一副令人不快的病态。我站着打量了它一会儿，半分钟，或许是半小时。冰雹忽疏忽密，石像仿佛也随之忽进忽退。最后，我把目光从它身上暂时挪开，就见帘子般的冰雹已经磨薄，天空放晴，太阳该出来了。

“我再次仰望那座蹲伏着的白色石像，突然觉得这次旅行过于莽撞。这雾蒙蒙的天幕收起来后会是一番什么景象？人类会出什么幺蛾子吗？要是他们变得残忍成性呢？要是这个时代的人类丧失了人性，变得冷酷无情，而且还力大无比呢？我或许看上去就像一头来自远古的野兽，显得可怖又可恶，马上就要被宰杀。

“我已经看到了别的庞然大物——护墙交错、立柱高耸的巨大建筑，以及长满树木的山坡。它们穿过渐渐小下去的暴风雨，隐隐约约地朝我袭来。恐惧攫住了我，我疯了似的转向时间机器，拼了命地想把它翻正过来。这时，一缕缕阳光击穿雷暴，灰蒙蒙的大雨被扫到一边，如幽灵的拖地长袍般不见了。在我头顶上，夏天湛蓝的天空里，几朵淡褐色的碎云也转瞬即逝。周围的高大建筑变得清晰了，它们在雨后的阳光下闪闪发亮，被尚未融化的冰雹衬托得格外醒目。

“身在这个陌生的世界，我深感脆弱无依，感觉自己就像晴空中的一只鸟，知道老鹰在头上盘旋，随时都会扑下来。我的恐惧变成了疯狂。我稍事休整，咬紧牙关，连手带脚和机器激烈地扭斗起来。在我的猛攻之下，机器终于被我翻了过来。我的下巴被狠狠地撞到了。我一手扶着鞍座，一手握住操纵杆，气喘吁吁地准备坐上去。

“但就在我从仓促的撤退中回过神来时，我的勇气又回来了。我更加好奇地打量着这个遥远的未来世界，心中的惧意少了几分。我看见近处一座房子的高墙上有个豁口，里面有一群身穿华丽软袍的人。他们看到了我，正向我张望着。

“接着我听到有声音传来。白色狮身人面像旁边的灌木丛里人头攒动，有人在奔跑。其中一个出现在通往我和机器所在草坪的小路上。他是个纤弱的家伙——大概四英尺高——身穿紫色长袍，腰间系着皮带，脚上穿的是凉鞋还是半高统靴我辨别不出来。他裸露着小腿，头上没戴帽子，我这才注意到天气有多暖和。

“他给我的印象是非常漂亮、优雅，但有种无法形容的虚弱。他潮红的面孔让我想起更加漂亮的肺结核病人——就是我们经常听说的那种肺结核美人。一看到他，我就又恢复了自信。我松开了抓着时间机器的手。”

第四章

“转眼间，我就和这个来自未来世界的虚弱的小家伙面对面地站在一起。他径直走到我跟前，看着我的眼睛笑。他毫不畏惧的样子立刻给我留下特别的印象。随后他转过身去，和跟在他身后的两个同伴说起话来，语调奇怪、甜美又清脆。

“更多人走了过来，不一会儿工夫，就有八到十个优雅精致的小人围住了我。其中一个跟我讲起了话，说来也怪，我觉得我的声音对他们来说太过刺耳深沉。所以我摇摇头，指着自己的耳朵，又摇了摇头。他朝前迈了一步，踌躇了一下，然后碰了碰我的手。这时我感到后背和肩头也有柔软的小手在触摸。他们是想确定我是否真实存在，我丝毫没有感到害怕。这些漂亮的小人的确能激发我的自信——他们优雅温顺，像孩子般无忧无虑。此外，他们看上去如此脆弱，我想我能像玩九柱戏[1]那样将这一打儿小人全部撂倒在地。但当我看到他们把粉红色的小手伸向时间机器时，我赶紧打了个警告的手势。庆幸的是，我及时想到一个被我忘掉的危险——我探身将启动杆拧了下来，放进我的口袋。接着我再一次转过身来，寻思着该怎么和他们交流。

“我近距离地观察起他们的容貌，在他们如德累斯顿瓷器[2]般美丽的面庞上，我又看到某些独特之处。他们清一色齐颈卷发，脸上半根毫毛都没有，耳朵小得出奇，嘴巴也小，两片薄薄的嘴唇呈鲜红色，下巴小而尖，眼睛大而柔。也许是出于自负，我以为他们会对我感兴趣，然而并非如此。

“他们并未尝试和我交流，只是站在我周围微笑着，温声细语地互相嘀咕。我试着和他们交流起来，指指时间机器和我自己。接着，我犹豫了片刻，不知道该如何表达

---

1 九柱戏（nine pins），现代保龄球运动的前身，主要流行于欧洲。九柱戏的玩家需要将一个一般没有指孔的球滚下球道，以击倒球道尽头的九只木制球瓶。

2 德累斯顿瓷器（Dresden-china），德累斯顿曾是欧洲瓷器制造重镇。

时间，就指了指太阳。一个穿紫白格子衣裳的优雅漂亮的小家伙马上顺着我的手势，学了一声雷鸣，令我大吃一惊。

“他的举动简单明了，但我还是吓了一跳。我的脑海里突然涌进一个问题：这些小生物是傻子吗？你们可能难以理解我为何会这么想。我一向认为 802000 多年后的人们在知识、艺术等一切方面都会远超我们，可他们中的一个却突然问我是不是乘着雷暴雨从太阳上下来的？！从这个问题可以看出，他的智力只有五岁的水平。这进一步坐实了我从他们的衣着、瘦弱的四肢和柔弱的面容作出的判断。一股失望之情在我心头油然而生，有那么一刻，我觉得这台时间机器白造了。

“我点点头，指着太阳，绘声绘色地模仿了一声雷鸣，把他们给惊住了。他们全都后退一步，向我鞠起躬来。其中一位对我笑着，手持一串我从没见过的美丽的鲜花，套到我脖子上。这个主意博得一片动听的欢呼声，接着他们全都跑来跑去采摘鲜花，笑着把花抛到我身上，直到我几乎被花朵淹没。那些由无尽的文化长河孕育出的花儿是何等的优雅美妙，没见过它们的人根本想象不出来。这时有人提议把他们的玩具放到最近的建筑里展示，于是他们带我走过那座白色大理石狮身人面像——它似乎一直在对我的惊讶报之以微笑——朝一座用灰色回纹石砌成的巨型建筑走去。跟着他们走时，我按捺不住欢乐地回想起，自己曾信心满满地以为我们的后人极其聪慧而又极其严肃。

“那栋建筑的入口很大，整体也是硕大无朋。我的注意力自然而然地被越聚越多的小人和张着大口、幽暗而神秘的大门所吸引。从他们的头顶望过去，眼前这个世界给我的大体印象是一块杂乱地长着美丽的灌木和鲜花的荒地，一座常年无人打理却不生杂草的花园。许多奇异的白色花穗高耸着，苍白的花瓣约有一英尺宽，如野花般散布在斑驳的灌木丛里。然而，正如我所说，当时我没有去细看它们。时间机器还被舍弃在那块草坪上的杜鹃花丛中。

“入口的拱门上雕刻得富丽堂皇。我当然没有仔细观看那些雕刻，不过穿过拱门时，我看到了像是古代腓尼基人的装饰图案，它们久经风雨侵蚀，已经残破不堪。几个穿得更鲜艳的人在门口迎接我，我们走了进去。我穿着一件十九世纪的阴暗的衣服，脖子上挂着花环，看上去荒诞不经。一大群人如漩涡般将我团团包围。他们穿着艳丽柔软的长袍，四肢皮肤白皙闪亮，沉浸在一阵阵悦耳的欢声笑语之中。

“大门通往一个与之相称的大厅，装饰风格以褐色为主调。屋顶笼罩在阴影里，有的窗户装了彩色玻璃，有的没有，温和的光线照了进来。地板是用非常坚硬的大块白色金属铺成的，而不是用板条或厚板。恐怕是由于一代又一代的人在上面来回走动的缘故，地面磨损得厉害，走得最多的地方都磨出了深沟。大厅里横放着无数张磨光的石板桌，离地约一英尺高。桌上堆了好多水果，有些我认得出来，是过于肥大的山莓和橙子，但大部分都很陌生。

“石桌之间散放着许多垫子。我的向导们坐上垫子，打着手势让我也坐下。没有进行任何仪式，他们便动手吃起水果，把果皮果茎之类的东西扔进桌边的圆洞。又渴又饿的我效仿了起来。与此同时，我慢慢悠悠地审视起这间大厅。

“让我印象最深的是它的破败。彩色玻璃窗仅呈现出一个几何图案，很多都碎了，窗帘下摆沾满了灰尘。我旁边那张大理石桌的一角已经开裂。但总体上还是富丽堂皇、如同画境。大约两百号人正在大厅就餐，多数人都尽量靠近我坐。他们一边吃着水果，一边饶有兴趣地打量我，小眼睛在水果上方闪闪发亮。他们都穿着同样柔软、结实的丝绸衣服。

“顺便提一句，水果是他们唯一的食物，这些生活在遥远的未来的人类是严格的素食主义者。跟他们在一起时，尽管我很想吃肉，但还是不得不以水果充饥。后来我发现，马、牛、羊和狗都步了鱼龙的后尘，已经相继灭绝。但这些水果非常讨人喜欢，尤其是一种有三角外壳的面粉状水果，味道特别好，我在那儿的时候似乎始终当令，我把它当作主食来吃。起初，所有那些奇异的花果让我感到困惑不已，但是接下来，我渐渐开始理解它们的含义。

“不管怎样，我正在跟你们讲述我在遥远的未来吃水果宴的情形。稍感饱足之后，我便决心去学习这些新人类的语言。毫无疑问，这就是我下一步要干的事情。从水果学起很适宜，于是我拿起一个，不停地比画着，发出一连串的询问。我实在难以把意思传达清楚。起先，我的努力换回的是惊讶的眼神和哄堂的笑声，不过很快就有个金发小人好像明白了我的意图，重复起一个名字来。他们互相唠叨个没完，花了很长时间讨论我说的意思。我开始模仿他们语言中雅致短小的发音，引得他们乐不可支。我就像个置身在孩子中间的老师，固执地模仿学习，一口气掌握了至少二十个名词。接着我又学会了指示代词，甚至还学了‘吃’这个动词。但这颇费工夫，那些小人很快就厌烦了，想要避开我的提问。所以我决定等他们想教我时再一点一点地学。没过多久，我就发现他们每次教的东西都少得可怜——我还是头一回碰到那么好逸恶劳，那么容易疲劳的人。

“我很快发现我的小东道主们有个奇怪的特点，就是他们对一切都不感兴趣。他们会像孩子一样惊呼着来到我身边，但也会像孩子一样转眼就停止对我的观察，走开去找别的玩意儿。晚餐和初次交谈结束的时候，我才注意到围着我的人几乎跑光了。同样奇怪的是，不过一眨眼的工夫，我就不再把他们放在心上。饥饿感刚一消除，我就走出大门，再次进入阳光下的天地。我不断地遇到这些未来世界的人儿，他们跟随我走上一小段路，议论我、打趣我，微笑着比画，撇下我和我的装置而去。

“当我走出大厅时，宁静的黄昏已降临大地，夕阳温暖的光辉照亮了四周的景致。最初我完全摸不着头脑，一切都和我所熟悉的那个世界截然不同，连花也不一样。我刚离开的高楼坐落在一条大河谷的坡上，然而泰晤士河可能移动了大约一英里。我决定登上一英里半开外的一座山峰——那里的视野更开阔，可以将这颗星球在公元802701 年的模样看得更加清楚。这里需要说明一下，这是时间机器的小仪表盘上显示的年份。

“我边走边留意一切有助于解释这废墟般壮景的蛛丝马迹。比方说，小山上去是一大堆花岗岩，由大量的铝块连在一起，像断壁残垣构建的巨大迷宫。迷宫里丛生着非常美丽的宝塔形植物，可能是荨麻，但叶子呈奇妙的褐色，而且不扎人。它显然是某座巨大建筑的遗址，但因何而建我不得而知。不久之后，我命中注定会在这里碰到一件非常吊诡的事情——这是一个更为奇特的发现的先兆——我会在适当的时候再说。

“我在一个平台上休息了片刻，突然想起了什么。我四下张望，发现一座小别墅都看不到。独户住房，甚至可能连里面的住户都已消失不见。葱茏翠绿间随处可见宫殿式的建筑，但具有英国风情的别墅和村舍已不见踪影。

“‘共产主义’。”我自言自语道。

“紧接着我又想到一件事。我看了看那六七个跟在我后头的小家伙，瞬间发觉他们全都穿着同样的衣裳，有着同样柔软无毛的面庞和同样浑圆的少女般的肢体。你们也许会觉得奇怪，我之前都没注意到这一点。但这一切都是那么奇怪。现在我看明白了。就服装，还有区别两性的特征和仪态而言，这些未来的人们很相似。儿童看上去像是父母的微缩版。于是我判断这个时代的儿童极为早熟，至少在身体上是这样。后来我找到了充分的依据。

“见到这些人生活得如此安逸、安心，我觉得男性和女性长得如此相像也就合乎情理了。因为男刚女柔、家庭制度，以及职业分化都只是体力时代斗争的需要。在人口众多且均衡的国家，过度生育有害无益。在暴力罕见、后代安居的年代，高效的家庭不再那么必要——事实上没有存在的必要，父母角色的差异也不复存在。这种现象在我们的时代就已经初见端倪，如今在这个未来的世界里完全实现。我必须提醒你们，这只是我当时的猜测，后来我才发现它和事实相去甚远。

“当我细细思忖这些事情的时候，一座漂亮的小建筑引起了我的注意——像是圆屋顶下的一口水井。我的思路一转，心想这真是怪事啊，水井竟然一直存在到了这个年代。紧接着我又沉浸到原先的思绪之中。往山顶方向没有什么大建筑物，我的步履异常矫健，没多久就甩开了他们，头一次一个人独行了。怀着奇怪的自由感和冒险感，我继续朝顶峰迈进。

“在那里我发现一张椅子，是用一种我叫不出名儿的黄色金属做的，有些地方被粉红的锈斑侵蚀，一半椅身被柔软的苔藓覆盖，扶手做得像狮身鹰首兽的脑袋。我在椅子上坐下，放眼俯瞰长日将尽落日余晖下的旧大陆。我从未见过如此美妙的景色。太阳已经落山，金色的晚霞辉映西天，几道紫色和深红色的光带点缀其间。下面是泰晤士河谷，泰晤士河宛若一条铮亮的钢带。前面提到的那些散布在绿色丛中的宏伟宫殿，有些早已废弃，有些还有人住。在这个荒芜的花园里，到处耸立着白色或银色的塑像，随处可见圆顶和方尖塔。没有树篱，没有产权标志，没有农耕迹象，整个地球成了一座花园。

“注意，我要开始解释我见到的这一切了。随着那天晚上事情的进展，我的解释大致如下（后来我才发现，我只说对了一半，或者只看到了真相的一个方面）。

“我似乎撞见了衰败中的人类。落日的余晖让我想到了人类的没落。我第一次意识到，我们正致力于的社会劳动将产生这样一个奇怪的结果。不过转念一想，这又合乎逻辑。需求滋生力量，安逸导致衰弱。改善生活条件的努力——使生活越来越安定的文明化过程——已经朝顶峰稳步迈进。团结的人类一次又一次战胜自然，那些在我那个年代看起来遥不可及的事情已经着手实施并向前推进，其成果就是我看到的！

“毕竟，我们的卫生和农业水平仍处于初级阶段，科学只攻克了人类的一小部分疾病，但即便如此，它仍在持续稳步发展。我们的农业和园艺仅限于四处清除杂草，兴许还培育出了二十来种对健康有益的植物，但绝大多数植物只能让它们自生自灭。我们通过选择育种改良我们最爱的动植物（它们太少了），得到无核的葡萄，更新更好的桃子，更大更美的鲜花和更容易饲养的牛。我们逐步改良它们，因为我们的理想是模糊的、试探性的，我们的知识是非常有限的，大自然在我们笨拙的手里也是羞怯而迟钝的。总有一天，这一切会变得井然有序、越来越好。这是潮流所趋，尽管会出现漩涡。整个世界将变得充满智慧、富有教养、善于合作。征服自然的脚步将越走越快。最终，我们会明智而又小心地重新调整动植物的平衡，以适应我们人类的需求。

“这种调整，我说，一定已经完成，而且还完成得很好。在我的时间机器跃过的这段时间里完成的。空中没有蠛蠓（miè měng）与蚊蚋，地上不生杂草或菌类，到处都是水果和漂亮可爱的鲜花，彩蝶四处飞舞。预防医学的目标已经实现，疾病已被根除。在那儿逗留期间，我没有看到任何传染病的迹象。我后面还要告诉你们，甚至连腐烂和衰败都深受这些变化的影响。

“社会成就也受到了影响。我看到人类住得富丽堂皇，穿得光鲜华美，却没看到他们辛苦劳作。没有斗争的迹象，既没有社会斗争，也没有经济斗争。商店、广告、交通，所有构成我们这个世界主体的商业都不复存在。在那个金色的傍晚，我自然而然地想到了天堂社会这个概念。我想他们遇到过人口增长的问题，而现在人口已经停止增长了。

“环境变化之后，必定就得适应这种变化。人类哪来的智慧和精力（除非生物学谬误百出）？源自困苦和自由的环境。在这样的环境下，只有积极、敏锐的强者方能生存，弱者必将淘汰。这种环境尤其重视有才能的人之间的忠诚合作，以及克制、耐心和果断。而家庭制度以及随之而来的种种感情——强烈的妒意、对后代的柔情、父母的奉献——都在孩子面临迫在眉睫的危险时而变得合理。现在，这些迫在眉睫的危险在哪里？有一种情感正在滋生，它与夫妻间的妒忌、强烈的母性以及一切激情都背道而驰。现在这些东西都是多余的了，它们让我们感到不自在，是野蛮社会的残留物，优雅惬意生活的不和谐音。

“当我想到这些纤弱、低智的小人和那些大片的废墟时，我更加确信人类彻底征服了大自然，因为战斗过后是宁静。人类曾经强壮有力、精力充沛、充满智慧，用充裕的精力改变了自己的生存环境。而现如今，改善后的环境起反作用了。

“旺盛的精力本是一个人的强项，但在极其舒适和安全的新环境下，它反倒成了弱点。即使在我们自己的时代，某些对生存而言曾必不可少的性情和欲望，也会不断成为失败之源。譬如，对文明人来说，骁勇好战于事无补，甚至还会成为绊脚石。当你处于健康安逸的状态时，体力和智力都不得其所。我断定，无数年以来，人类从未经历战争或暴行，从未遭遇野兽，从未碰到需要增强体质才能抵御的消耗性疾病，也从未从事艰苦的劳动。在这样的生活中，所谓的弱者与强者并无差别，弱者其实不再弱小。事实上，弱者更具优势，因为强者会为精力无处宣泄而烦恼不安。毫无疑问，我见到的那些精致华美的建筑物，是人类漫无目的的精力最后一次迸发的产物，随后人类便开始与他们生存的环境和谐共处。那次胜利带来了最终的和平。这就是人类的精力在安逸的环境中的归宿——沉湎于艺术和情色，接踵而至的是倦怠与衰败。

“就连追求艺术的冲动也终将消失，在我看到的这一时代里，这种冲动已经快要消失了。用鲜花装饰自己，在阳光下载歌载舞，是他们仅存的艺术精神。甚至连这个最终都会变成惬意的懒散。痛苦和需求的磨石把我们那代人磨得非常锋利。现在这块可恶的磨石终于被打碎了！

“我站在渐浓的暮色中，觉得自己已经用简单的解释理解了世界的问题，也洞悉了这些令人愉快的小人的全部秘密。也许他们控制人口增长的办法过于奏效，所以他们的人口不是保持稳定，而是减少了。这就能解释那片废墟了。我的解释非常简单，听起来也很合理，就像大多数错误的理论！”

第五章

“我站在那里，思索着人类过于完美的胜利。一轮黄色的满月从东北方升起，洒下一片银辉。山下欢快的小人们不再走动，一只猫头鹰无声地掠过。夜晚的寒意袭来，瑟瑟发抖的我决定下山找个过夜之处。

“我寻找着那栋熟悉的建筑。我的目光落在那尊青铜底座的白色狮身人面像上。升起的月亮越发明亮，雕像也越发清晰，我还看到了靠着它的银桦树。杜鹃花丛交缠在一起，在苍白的月光下黑成一团。我看到了那块小草坪。我再度朝它望去，一种莫名的疑虑让自鸣得意的我不禁倒吸一口凉气。‘不，’我坚定地对自己说，‘这不是那块草坪。’

“但它就是那块草坪，因为狮身人面像麻风病人般的白脸正对着它。你们能想象出我当时的感受吗？你们不能。时间机器不见了！

“我像是挨了当头一棒。我可能会失去自己的时代，被无助地留在这个陌生的新世界。一想到这个，我的身体就有了不妙的感觉，像喉咙被谁扼住，喘不过气来。我恐惧不已，大步流星地朝山下冲去，结果摔了个倒栽葱，把脸都划破了。我顾不上止血，跳起来继续猛跑，一股温热的鲜血顺着脸颊和下巴流了下来。我边跑边对自己说：‘他们只是把它稍微挪动了一下，推到灌木丛里去了。’但我仍在全力奔跑。人在极度恐惧的时候往往头脑很清醒——我知道自己是在自欺欺人——我的直觉告诉我时间机器已经找不着了。我痛苦地喘着气，从山顶到这块小草坪大约两英里的路程，我跑了十分钟。我已不再年轻。我边跑边高声责骂自己太蠢，竟然把时间机器扔在这里，白白浪费那么多力气。我大声呼喊，但无人回应。在这个月光下的世界里，似乎没有一个活着的生物。

“当我跑到那块草坪上时，我最担心的事情还是发生了。时间机器全然不见一丝踪影。面对黑乎乎的灌木丛中的这块空地，我感到浑身发冷，几乎就要晕厥过去。我疯了似的绕着草坪奔跑，好像时间机器就藏在哪个角落，接着我又突然停住脚步，猛揪自己的头发。青铜底座上的狮身人面像在我身边高耸着，麻风病人般的脸在月光下惨白发亮。它微微地笑着，仿佛在嘲笑我的沮丧。

“要不是我确信那些小人体力不足智力低下，我会安慰自己是他们把我的机械装置挪进什么地方了。令我倍感担忧的是，我感觉我的发明是被某种未知的力量弄没了的。不过有一点我可以确信，这台时间机器没有在时间里移动，除非某个时代里制造出了它的复制品。操纵杆的附加装置能防止别人对其胡乱摆弄，方法我回头演示给你们看。它被挪走藏了起来，但只是在空间里移动了。可它到底在哪儿呢？

“我一定急疯了。我记得我绕着狮身人面像，在月光下的灌木丛里狂暴地冲进冲出，惊吓到了一只白色的动物，昏暗的月光下，我以为那是一头小鹿。我还记得那天深夜，我攥紧拳头猛击灌木丛，直到指关节被划了个大口子，血汩汩地流了出来。我悲痛欲绝，抽噎着，咆哮着，一路走到那栋巨大的石头建筑里。大厅里一片漆黑，空寂无人，我在凹凸不平的地面上滑了一跤，摔倒在一张孔雀石桌上，险些摔断胫骨。我划燃一根火柴，走过积满灰尘的窗帘，这窗帘我跟你们提到过。

“我发现了另一个大厅，里面铺满了垫子，大约二十号小人睡在上面。我再度现身肯定让他们感到奇怪——我突然从寂静的黑暗中冒出来，嘴里叽里咕噜的，手里的火柴噼啪作响，闪起一道亮光——他们已经忘记了火柴是何物。‘我的时间机器在哪里？’我像个愤怒的孩子一样大叫大嚷，抓住他们使劲摇晃。他们一定觉得太怪异了，有人笑了，大多数人则显得非常害怕。当我看到他们围着我站着时，我忽然意识到这种情况下我这么做真是愚蠢至极，这只会重新燃起他们的恐惧感。从他们白天的行为来看，我以为他们已经没有恐惧感了。

“我猛地扔掉火柴，跌跌撞撞地穿过大厅跑到月光下，半路上还撞倒一个小人。我听到惊恐的叫喊声，还有他们的小脚踉踉跄跄跑来跑去的声音。我已记不清月亮爬上天空时自己都做了些什么。时间机器丢失得出人意料，所以我极为恼火。我和同类的联系被绝望地隔断了，我成了一头陌生世界里的野兽。我当时一定在踱来踱去，胡言乱语，为自己的厄运哭天抢地。那个绝望的长夜走向尽头的时候，我记得自己感到了可怕的疲乏。我还记得自己在一个又一个不可能之处寻找，在月光下的废墟中摸索，黑暗中摸到了一些奇怪的生物。最后我在狮身人面像旁边躺了下来，痛哭流涕。我就只剩下痛苦了。后来我就睡着了。当我再度醒来，天已大亮，两三只麻雀在我身旁欢蹦乱跳，触手就可以摸到。

“我在早晨清新的空气中坐起身来，努力回忆自己怎么会在这里，又怎么会感到如此孤独和绝望。我的思绪变得清晰起来。在这光天化日之下，我能正视自己的处境。我意识到自己昨夜的疯狂举动着实愚蠢，现在我又恢复了理智。‘最坏的结果会是怎样？’我对自己说，‘如果时间机器丢失了，或是已经毁损，我就理应保持冷静和耐心，了解这些小人的生活方式，回想时间机器的做法，找到获取材料和工具的途径，没准还能造出一台。’这是我唯一的希望，或许很渺茫，但总比绝望好。毕竟，这是一个美丽而奇特的世界。

“也有可能只是被人搬走了。那我还是要保持冷静和耐心，找到它被藏匿的地方，通过武力或计谋让它物归原主。我匆忙起身四下观望，想找个洗澡的地方。我感到精疲力竭，浑身僵硬，被这趟旅行弄得一身脏。这个神清气爽的早上让我渴求神清气爽。我的情绪已被消耗殆尽，事实上，在我着手寻找机器的时候，我都纳闷自己昨晚怎么会激动成那样。我在小草坪四周仔细搜寻，浪费时间向路过的小人问徒劳的问题。我尽我所能地比画着，然而他们明白不了我的手势，有的人无动于衷，有的人以为我在开玩笑，还取笑我。不朝那些笑嘻嘻的漂亮脸蛋动粗简直是世界上最难的任务。这是一种愚蠢的冲动，但恐惧和愤怒引发的心魔难以抑制，还令我困惑不解。草坪给出了更好的建议。我发现上面裂出一道凹槽，就在狮身人面像的底座和我的脚印之间。那脚印是我抵达时拼命想把时间机器翻正过来留下的。旁边还有其他搬动的痕迹——一些怪异狭窄的脚印，我猜是树懒留下来的。我不由得仔细观察起底座来，它是青铜做的，我想我之前说过。它不是一个整块，而是每一侧都精心装饰着带框的嵌板。我走过去敲了敲嵌板，发现底座是空的。我仔细打量嵌板，发现它和边框并不相连，上面也没有把手和钥匙孔。如果嵌板是门的话，应该能从里面打开。我心里已经有了定数。不用费多少脑筋就能推定：我的时间机器就在这个底座里面。但它是如何进去的就不得而知了。

"就见两个穿着橙色衣服的人穿过灌木丛，从花满枝头的苹果树下朝我走来。我朝他们笑了笑，招手示意他们过来。他们来了，我指着底座，表明我打开它的意愿。他俩看到我的手势后，表现得非常怪异。我不知道该如何向你们描述他们的表情——假如你对一个心思敏感的女人做了一个很不得体的手势，她就会露出那种表情。他们走开了，像遭受了莫大的侮辱。此后我又对一个穿白衣服的漂亮小人比画了一番，结果完全一样。不知为何，他的态度让我为自己感到羞愧。但正如你们所知，我得找回时间机器，所以我又跟他比画起来。当他和刚才那两位一样掉头离开时，我的脾气上来了，三步并作两步追上他，一把揪住他宽松的衣领，硬把他拖向狮身人面像。然后，我看到了他脸上的恐惧和厌恶。我猛然放开了他。

“我没有气馁，挥拳猛敲青铜嵌板。我似乎听到里面有动静——确切地说，是‘咯咯’的笑声——但我一定听错了。我从河边捡了一块大鹅卵石，用它不停地敲打嵌板，直到装饰用的圆盘被敲平，铜锈像粉末一样往下掉。方圆一英里内的纤弱小人绝对都能听到我劲头十足的敲击声，不过他们没有任何反应。我看见山坡上有伙人偷偷摸摸地朝我张望。

“最后我又热又累，便坐了下来，守着这个地方。但我太心烦气躁了，没法长时间守下去。我是个过于典型的西方人，长时间的守夜我做不来。[1]我可以花上好几年的时间钻研一个难题，但让我干坐 24 小时就是另一回事了。

“过了一会儿，我站了起来，漫无目的地穿过灌木丛，又朝小山走去。‘耐心，’我对自己说，‘如果你还想找回时间机器，就别去管那座狮身人面像。如果他们存心要拿走你的机器，那你砸烂那些青铜嵌板也无济于事。如果他们无此打算，那等到你有机会跟他们开口，你就能要回来。置身于所有这些未知的事物中间，面对这样一个难题是令人绝望的，会让你走向偏执。直面这个世界，学会它的方式，观察它，别草率下结论，最终你会找到线索的。’我突然觉得自己的处境很好笑：几年来我潜心钻研，埋头苦干，终于如愿进入了未来时代，可现在又急切地渴望离开它。我给自己挖了一个有史以来最复杂、最无望的陷阱。我是自讨苦吃，可还是无法自拔。想到这里，我不禁放声大笑。

“走过大宫殿的时候，我感觉那些小人都在躲着我。也许是我想多了，也许跟我捶打石像底座的青铜门有关。

1 在威尔斯的时代，人们对东方人的刻板印象是节奏较慢，可以坐下来思考几个小时。相比之下，西方人被认为更加活跃和躁动。

然而我确实觉得他们在躲着我。我小心翼翼地装作若无其事，不再去追问他们。一两天后，一切恢复如常。我在语言上取得了很大进步，此外我还四处去探索。要么是我没领会到微妙之处，要么是他们的语言过于简单——几乎全由具体名词和动词组成，抽象术语少得可怜，比喻词语几乎不用。他们的句子通常简单到只有两个词，而我只能表达或听懂最简单的观点。我决定先把时间机器和狮身人面像底座里的谜埋进记忆的角落，等对这个世界有了足够的了解，我自然会重新思考这些问题。但是有种莫名的感觉——你们可以理解的——令我只想在这几英里范围内活动。

“就我目力所及，整个世界就像泰晤士河谷一样充满生气、富饶丰足。无论我登上哪座小山，都能看到大量宏伟壮丽、材料和风格迥异的建筑，都能看到同样的常绿灌木，同样的开满鲜花的树木和蕨类植物。到处是银光闪烁的水面，远处大地与绵延起伏的蓝色山峦融为一体，逐渐消失在宁静的天际。一种奇怪的景观引起了我的注意。我看到几口圆形的水井，似乎非常之深，有一口就在我第一次上山走的那条山路旁。跟其他井一样，它的外缘镶着造型古怪的青铜边，上面盖着一个遮雨的小穹顶。我坐到井边，凝视黑漆漆的井下。我看不到粼粼的波光，划亮火柴也不见倒影。但每口井里都传出‘砰砰砰’的声音，像大型发动机的声响。借着火柴的光亮，我发现有一股稳定的气流直往井下跑。我往井里扔了一张小纸片，它没有缓缓飘落，而是瞬间被吸了进去，消失得无影无踪。

“没过多久，我就把这些水井和山坡上四处耸立的高塔联系在一起，因为高塔上空经常出现摇曳的光柱，像人们在烈日炙烤的海滩上看到的那样。综合种种迹象，地底下很可能有一个庞大的通风系统，但其真实用途就难以想象了。起初我倾向于认为这是他们的卫生设施。这个结论很好理解，不过大错特错。

“这里我必须承认，在这个真实的未来的逗留期间，我对他们的排水管、钟铃、运输工具等便利设施了解甚少。在我读过的有关乌托邦和未来世界的构想里，有大量对建筑和社会安排等详细的描述。当整个世界存在于一个人的想象中时，这些细节都能轻而易举地获得，而对于一个真的置身于这个世界的旅者而言，它们就难以得到了。设想一下，一个刚从中非来到伦敦的黑人，会给他的部落带回什么样的见闻！他哪知道铁路公司、社会运动、电话线、电报线、快递公司、邮政汇票等东西？但我们至少乐意跟他解释！可即便他都知道了，他又能让他那些没出过远门的朋友理解多少，相信多少？想想我们时代的黑人和白人之间的差别有多小，而我自己和这个黄金时代的人之间的差别有多大！我觉察到还有好多事物没有看到，正是它们让我在这里感到舒适。但除了对他们的自动化体系有大致印象外，恐怕我对你们也说不出多少差别。

“就拿殡葬来说吧，我没有看到火葬场的迹象，也没有看到任何能让人联想到是坟墓的东西。但我转念一想，也许在我探索的区域之外有墓园或火葬场。这又是我故意给自己提的问题，而在这个问题上，我的好奇心被彻底挫败了。它让我困惑不已，并生出一个让我更感困惑的念头：这些人中没有一个老弱病残的。

“我最初认为这里的文明是自动化的，这里的人类是退化的，不过我必须承认，没过多久我对这个看法就感到不满意了，可我又想不出其他解释。我来讲讲其中的难解之处。我去过的几个大殿只是起居室、大餐厅和卧室。我没有见到任何形式的机器和设备，然而这些人穿着的漂亮纺织品肯定需要不时更新；他们的凉鞋虽然看着简朴，却是工艺复杂的金属制品。反正这些东西一定都是制造出来的。但是这些小人没有展现出丝毫的创造力。没有商店，没有车间，也没有舶来品的迹象。他们终日文雅嬉戏，河中沐浴，半闹着玩地做爱、吃水果和睡觉。我不明白这一切是怎么维持下去的。

“再回到时间机器。它被某种东西弄到白色狮身人面像的空心底座里去了，具体是什么东西我不得而知。为什么要这么做？我这辈子都想象不出。还有那些无水的井，那些摇曳的光，也让我觉得没有头绪。怎么说呢？好比你发现一篇碑文，通篇都是浅显简单的英文句子，但中间又穿插了一些你前所未见的单词或字母。好吧，在我抵达的第三天，公元 802701 年的世界就是这样展现在我面前！

“也就是在那一天，我交了一个朋友——算是朋友吧。事情经过是这样的，我正看着几个小人在浅水里游泳，其中一个突然抽筋，开始顺流而下漂去。水流虽说较急，但就算水性一般都应该能够应付。然而他们却由着那个轻声哭喊的小人儿在他们眼皮底下沉下去，没有一个人做出哪怕一丁点的救援举动。说到这里，你们会觉得这些生物身上有奇怪的缺陷。当我明白过来后，我赶紧脱掉衣服，从下游蹚进水里，一把抓住那个可怜的小家伙，把她安全拖到岸上。稍稍揉搓她的四肢后，她苏醒了过来。离开她之前，她已安然无事，我满足极了。我对她们这些小人评价很低，所以没指望收到她的答谢。这回我错了。

“这事儿发生在早上，下午我探险归来时，遇上了那个小女人，准是她。她欢呼着迎上前来，献给我一个大花环，显然是专门为我一个人做的。这东西让我浮想联翩，很可能是因为我感到伤心寂寞。不管怎样，我尽量摆出欣赏这件礼物的样子。我们很快就在一个小石亭里坐下并交谈起来，主要是互致微笑。她孩童般的友善打动了我。我们互递鲜花，她吻了我的手，我也吻了她的。随后，我设法和她交谈，得知她叫维娜。虽然我不知道这个名字的含义，但它似乎挺合适的。就这样，一段奇特的友谊开始了——它持续了一周便告结束，我会跟你们讲的！

“她完全像个孩子，总想和我在一起。我去哪儿她都试图跟着。随后一次外出，我打算故意把她累倒，然后扔下她一走了之，任凭精疲力竭的她在我身后凄厉地叫喊。但这个世界的问题需要搞清楚。我对自己说，我来到未来不是为了谈情说爱。当我丢下她时，她悲痛欲绝，近乎疯狂地抗议离别。她的关爱给我带来了慰藉，同时也带来了等量的麻烦。无论如何，她是一种莫大的慰藉。我想是一种幼稚的爱慕使得她对我产生了依恋。等我清楚地意识到，我离开她给她带来很大的痛苦，以及她对我意味着什么时，一切为时已晚。这个洋娃娃般的生物，仅凭对我的喜欢和关心（她的关心显得羸弱而徒劳），就使得我走到白色狮身人面像附近时，会油然产生一种回家的感觉。一翻过那座小山，我就寻找起她白黄相间的小身影。

“也是从她那里，我得知恐惧尚未离开这个世界。白天她无所畏惧，对我也异常信任，有次我犯傻，朝她扮了个恐吓的鬼脸，却引得她哈哈大笑。但她惧怕黑暗，惧怕黑影，惧怕黑色的东西。黑暗是她唯一害怕的东西。那是一种极为强烈的情绪，让我不由得展开思考和观察。我还发现一件事，这些小人天黑后就聚集到那几栋大房子里，成群结队地睡在一起。如果你不点灯靠近他们，就会引发惊恐的骚动。天黑之后，我从未在室外见到一个人影，也从未在室内见到有人独自就寝。然而我是个大傻瓜，没有从他们的恐惧中吸取教训，而且不顾维娜的悲伤，坚持不跟这帮熟睡的家伙睡在一起。

“这让她深感苦恼，但她对我诡异的爱意最终占了上风。我们结识后的五个晚上，包括最后一夜，她都是枕在我胳膊上入睡的。我光顾着说她，都忘记讲自己的事了。救她的前一晚，我在天将破晓时醒了过来。那晚我辗转难眠，梦见自己溺毙了，海葵柔软的触须在触摸我的脸。我一下子惊醒了，不知怎的有种奇怪的幻觉，感觉一只淡灰色的动物刚刚冲出房间。我试图再次睡去，可我烦躁不安得要命。那是黎明前的灰暗时刻，万物刚从黑暗中爬出来，一切都显得苍白无色、轮廓分明、如梦似幻。我起身走出大厅，来到宫殿前的石板上。既然睡不着，就干脆看日出吧。

“月亮正在下沉，临终的月光和黎明的第一缕苍白交织在昏暗骇人的天色中。灌木漆黑，大地灰暗，天空阴郁。我好像看到山上有鬼影出没，好几次我扫视山坡，都看到了白色的身影。其中两次，我似乎看到一只像猿猴似的白色生物在往山上跑，速度极快；还有一次，在那些废墟附近，我看到几只这样的生物抬着一具黑色的尸体。他们走得急急忙忙，我没看清他们去哪儿了，好像是消失在了灌木丛中。你们一定理解的，这时天还模糊着呢。我感受到了清晨才有的凉意和未知——你们也许知道那种感觉。我怀疑起了自己的眼睛。

“东方渐亮，白昼降临，鲜艳的色彩重归大地。我仔细察看四周，但完全没有看到白色的身影。他们只在昏暗时分里出没。‘他们一定是鬼，’我说，‘就是不知道他们来自哪个年代。’我忽然想到格兰特·艾伦的一个奇谈怪论[1]，把我给逗乐了。他说，如果每一代人死后都变成鬼，那这个世界最后就会鬼满为患。要照这种理论，到公元80万年，地球上的鬼将多得难以计数，我刚才看到四个也就不足为奇了。但这个玩笑难以服人，整个早上这些身影都在我脑海里挥之不去，直到救维娜时才将他们抛在脑后。我隐约觉得他们和我第一次疯狂寻找时间机器时惊动的那只白色动物有关联，但是友善的维娜让我暂时忘了这一茬。当然，他们注定还会回来，更加死命地占据我的头脑。

“我想我说过这个黄金时代的天气比我们那个时代热得多。我解释不了，也许是因为太阳变热了，或是地球离太阳更近了。人们通常认为，将来太阳会持续地冷却下去。但是他们对青年达尔文的那些猜想[2]不够熟悉，忘了行星最终将逐个回归母体。当这些灾难发生的时候，太阳会用新生的能量来燃烧，而某个内行星或许已遭此厄运。不管原因如何，事实就是太阳比我们所知道的要热得多。

---

1 格兰特·艾伦（Grant Allen，1848 — 1899），加拿大科学作家、小说家，在英国受的教育，19 世纪下半叶进化论的公开提倡者。

2 指达尔文的进化论，在他的青年时代还只是猜想，后来才成为科学理论。

“嗯，一个酷热的早晨——应该是第四天——在我吃饭、睡觉的那栋大房子附近有一片巨大的废墟，我在那里寻找躲避热浪和强光的地方，这时有一件怪事发生了，我正费力地攀爬砖石堆呢，一道狭窄的走廊展现在我眼前。走廊尽头和侧窗被塌下来的石块堵住了，较之外面耀眼的光线，起初里边黑的伸手不见五指。我摸索着走了进去，由于从亮处一下子走到暗处，我的眼前金星乱窜。突然，我像着了魔似的停了下来。黑暗中，一双眼睛在阳光的反射下熠熠生辉，正盯着我看。

“对野兽本能的恐惧向我袭来。我握紧拳头，死死盯住那双耀眼的眼球。我不敢移开目光。这时候，我想起来这里的人类似乎生活在绝对的安全之中。接下来，我又想到他们对黑暗有着莫名的恐惧。我尽量克服恐惧，朝前迈了一步，开口说话。我承认我的声音刺耳且失控。我伸出一只手，摸到了什么柔软的东西。那双眼睛随即闪到一边，接着一个白色的东西从我身边跑了过去。我转过身，心提到了嗓子眼，就见一只怪异的像猿猴似的小动物，脑袋奇怪地耷拉着，奔跑着穿过我身后的阳光地带。慌乱中它笨拙地撞上一块花岗岩，随后踉踉跄跄地闪到旁边，转眼就隐藏到另一堆砖石下的黑影里。

“当然，我对它的印象不够全面。它是暗白色的，长着一双怪兮兮的灰红色的大眼睛，脑袋和背上长有淡黄色的毛。然而就如我所说，它跑得太快，我来不及看清楚。我甚至说不清它是用四条腿跑，还是只用低垂的前肢跑。我迟疑了片刻，随即跟着它跑进另一片废墟。一开始我没找到它，但过了一会儿，在一片昏暗中，我看到一个像水井一样的圆洞口——这种水井我跟你们说过——洞口被一根倒下的柱子半挡着。我陡然想到，它会不会是跑井里去了？我划亮一根火柴，朝井下望去，见一只白色的小生物在移动，它一边往下退着，一边用明亮的大眼睛紧紧盯着我，让我不禁打了个冷战。它真像个蜘蛛人！它正沿着井壁往下爬，我这才注意到井里面有个类似梯子的东西，由若干可以安放手脚的金属支架组成。这时火柴烧到了我的手指，从我手中掉了下去，落下时熄灭了。当我划亮第二根火柴时，那个小怪物已经不见了。

“我记不清自己坐在那里往井下凝望了多久。好半天过后，我才说服了自己，我看到的那东西是人。但我渐渐明白了真相：人类不再是一个物种，而是已经分化成两种截然不同的动物。地面上那些优雅的小人并非我们唯一的后裔，这些从我面前一闪而过的可憎的白色夜行性动物，同样也是我们的子孙。

“我想到了摇曳的光柱，以及我的关于地下通风系统的猜想。我开始怀疑它们的真实用途。这只狐猴在我眼中的这个完美社会里做什么？它和地上那些懒散恬静的漂亮居民之间有何关联？井底下到底藏着什么？我坐在井沿，告诉自己反正没什么可怕的，为了解开我的难题，我必须下一趟井。可我绝对不敢下去！正犹豫不决之际，两个来自地上世界的美丽居民打着情骂着俏，穿过阳光跑进了阴影里。男的在追逐女的，边追边向她扔鲜花。

“见我胳膊撑在倒下的柱子上朝井下张望，他们露出了痛苦的神情。跟他们谈论这口井显然被认为是失礼之举，因为当我指着井口，试着用他们的语言发问时，他们露出了更为痛苦的神情，还把脸别了过去。但我的火柴引起了他们的兴趣，于是我划亮几根逗他们开心。接着我又问起井的事，可还是无功而返。我马上丢下他们，准备回到维娜身边，看能否从她那里打听到什么。我的观点有了大的变化，我的猜测和印象有了新的调整。从这些水井的用途，到通风塔和鬼魂之谜，我都有了线索，更不必说青铜门的含义和时间机器的命运了！连一直困惑我的经济问题都有了点眉目。

“下面是我的新观点。第二种人显然是地下居民。这三种情况尤其让我相信，他们之所以很少在地上露面，是因为久居地下已成为习惯。首先，他们一副苍白的样子，一如大多数主要生活在黑暗中的动物，比如肯塔基洞穴里的白鱼；其次，有本事反光的大眼睛是夜行性动物的一大特征，看看猫头鹰和猫吧；最后，他们在阳光下不知所措，匆忙而笨拙地朝黑暗里逃窜，以及耷拉着脑袋的怪模怪样，都进一步证明了他们的视网膜极其敏感。

“那么，我的脚下一定地道密布，它们就是这个新人种的栖息地。除了河谷一带外，山坡上随处可见的通风塔和水井表明了地道分布之广。我很自然地想到，这个人造的地下世界里挖了那么多地道，是不是为了保障地上的人类过得舒服安逸？这个看法貌似很有道理，我立即接受了，并且进一步猜想人类是如何分化成两个物种的。我敢说你们已经预见到了我的猜想。但我很快就意识到它与事实相去甚远。

“首先，从我们自己时代的问题说起。我觉得昭然若揭的是，资本家和工人之间正在逐步扩大的社会差别是整个问题的关键所在。你们一定觉得这很荒唐，也根本无法置信！但目前已经有迹象在表明这一点。现在有一种趋势，就是利用地下空间来发展文明社会中对装饰性要求不高的行业。比方说伦敦有大都会铁路，有新型电气化铁路、地铁、地下车间和地下餐厅，其数量还在成倍增长。在我看来，这一趋势显然将持续下去，直到工业在地面上失去与生俱来的权利。我的意思是，地越挖越深，工厂越建越大，人们在里面度过的时间也越来越长，直到最终——！就说现在，伦敦东区的工人不就生活在这样的人造环境里，实际上已经与地面上的自然世界隔绝了吗？

“此外，富人的排他性倾向——毫无疑问是富人所受的教育日趋完善，以及他们与粗野穷人间的鸿沟日益加深造成的——导致他们为了自己的利益把大量土地封闭起来。就拿伦敦美丽的乡村来说，恐怕有一半的土地都被围起来禁止进入。高等教育耗时又耗钱，富人为了追求优雅的生活不断购买设施，都使得贫富阶层之间的鸿沟日益扩大。这条鸿沟致使两个阶层间的交流越来越少，有助于缓和阶层分化的通婚越发鲜见。所以到头来，地上就成了富人的世界，他们在此追求快乐、安逸和美丽。而地下则属于穷苦的工人，他们不断适应着自己的劳动环境。一旦到了地下，他们就得为地洞里的通风设备支付不菲的租金。如果拒付，他们就会遭受挨饿或闷死的命运。他们中的痛苦者和反叛者只有死路一条。最终会达成一种永久的平衡，幸存者将完全适应地下的生活环境，和地面上的人一样乐在其中。所以在我看来，优雅的美丽和苍白的肤色都顺理成章。

“我梦想中的人类的伟大胜利是另外一个样子。这并非我想象中的道德教育和普遍合作的胜利。相反，我看到了真正的贵族阶级，用完美的科学武装自己，把今天的工业制度演进成一个更加顽固的阶级制度。不单是战胜了自然，还战胜了自己的同胞。我必须提醒你们，这是我当时的推想。我在乌托邦的著作里没有找到合宜的向导。我的说法可能大错特错，但我还是认为它是最合理的解释。然而即使这种说法成立，这个终于实现和谐的文明也早已走过它的顶峰，正在没落之中。由于环境过于安逸，地上居民已经开始慢慢退化，体型、体力和智力日渐衰退。这一点我已经看得很清楚了。地下居民发生了什么变化，我还没有想过。不过从我见到的莫洛克人来看——顺便提一下，这是地下居民的名字——我可以想象，莫洛克人的变异要远大于埃洛伊人。埃洛伊人是美丽的地上居民，我已经了解他们了。

“烦人的问题又来了，莫洛克人为何要拿走我的时间机器呢？我敢肯定就是他们拿走的。假若埃洛伊人是主人，那他们为何没把时间机器归还给我？他们为何如此惧怕黑暗？我继续向维娜询问地下世界的事，可我又一次失望了。一开始她没听明白我的问题，之后便拒绝回答。她浑身发抖，仿佛这个话题让她无法忍受。当我逼迫她讲时，态度也许有点粗鲁，她突然放声大哭。这是我在这个黄金时代里唯一一次看到眼泪，我自己的除外。见她哭了，我立刻不再追问莫洛克人的事，一心只想着为她擦去这人类的遗传物。当我一脸严肃地点燃一根火柴时，她很快就喜笑颜开，拍起手来。”

第六章

“你们也许会觉得奇怪，两天过后，我能够以正确的方式追踪新发现的线索了。我对那些苍白的躯体有种莫名其妙的畏缩感。他们就像人们在动物博物馆里看到的泡在酒精里的蠕虫，颜色像是半漂白过，摸上去冷冰冰得令人恶心。我的畏缩感多半来自埃洛伊人的影响，我开始理解他们为什么那么厌恶莫洛克人了。

“第二天夜里我没有睡好。可能是我的身心有点失调。困惑和怀疑让我郁闷不已。有那么一两次，我还心生强烈的恐惧，具体原因我也说不清楚。我记得我蹑手蹑脚地走进月光下小人睡觉的大厅——那晚维娜也在他们中间——他们的神态让我安下心来。但我也想到过，几天后，月亮会过了下弦月，夜晚将变得更为黑暗。到时候，那些来自地下的讨厌鬼，变白的狐猴，替代了旧人的害兽就会出没得更加频繁。几天来我坐立不安，像在逃避一个不可推卸的责任。我十分确定，只有勇敢地揭开这些地下之谜，才能找回我的时间机器。可我不敢面对这个谜。要能有个同伴，情况就不同了。但我是孤零零的一个人，一想到要往那口黑乎乎的井里爬就心惊肉跳。不知道你们能否理解我的感受，反正我总觉得背后有危险。

“可能就是这种不耐烦感和不安全感驱使我向更远的地方探险。我朝西南方向现在叫‘深谷林’的地区走去，在十九世纪的班斯特德镇方向，我远远望到一座绿色的巨型建筑，有别于我此前见过的任何建筑物。它比我所知的最大的宫殿和废墟还要大，其正面带有东方色彩：表面泛着光泽，呈淡蓝绿色，像某种中国瓷器的颜色。这与众不同的外观表明它有不同的用途，我有意继续探索，无奈天色已晚，而且我走了一大圈才来到这里，已经疲惫不堪。所以我决定把探险推迟到明天，这就回到欢迎我、爱抚我的小维娜身边。可第二天早上，我发觉我对青瓷宫殿的好奇完全是自欺欺人，不过是借它再逃避一天，躲开那件令我害怕的事。我决定不再浪费时间，这就下井一探究竟。大清早我就出发了，朝花岗岩和铝的废墟旁的一口井走去。

“小维娜跟着我去了，一路雀跃地来到井边，可当她见我俯身朝井下张望时，她奇怪地惊慌失措起来。‘再见，小维娜。’我说着吻了她，随后把她放下，越过井栏摸索下井用的钩子。我承认我当时非常仓促，因为我生怕勇气会溜走！维娜先是惊愕地望着我，接着发出一声可怜的哀号，冲过来用那双小手拽我。她的反对反倒激发了我的勇气。我一把甩开她的手，动作可能有点粗暴。转眼间，我就进到井内了。我见她一脸痛苦地靠在井栏上，便微微一笑让她放心。然后我不得不低头望着手里紧紧抓着的不够结实的钩子。

“我得朝下爬大约二百码。下井并不顺当，因为井壁上凸出的金属杆是供比我小得多、轻得多的生物用的。我很快就手脚发麻、精疲力竭了。不光是精疲力竭！有一根金属杆突然被我的重量压弯了，差点把我摔入漆黑的井底。一时间我只能单手吊在半空中。自那之后我再也不敢停下来歇息。尽管我的胳膊和后背疼痛难忍，我仍然手脚并用，以最快的速度向井下爬去。我朝上瞥了一眼，见井口成了一个蓝色的小圆盘，里面有颗星星清晰可见，而小维娜的头就像一个圆形的黑色凸起物。井下传来机器的轰鸣声，越来越响亮，越来越压抑。除了头顶上的小圆盘，四周一片漆黑。当我再往上张望的时候，维娜已经不见了。

“我饱受不安的煎熬，一度想过再爬上去，不管这地下世界了。但即便是在反复琢磨这个念头时，我还是在不停地向下爬。最后，我隐约看到右方一英尺外的井壁上有个狭长的洞口，不禁长松了一口气。我钻了进去，发现这是一个横向地道的洞口，我可以在里面躺下歇会儿。没有为时过早。我的胳膊酸疼，后背发麻，浑身瑟瑟发抖——之前差点掉下去，让我一直惊恐到现在。除此之外，持续的黑暗也让我的眼睛酸痛不已。耳畔尽是机器抽压空气的砰砰声和嗡嗡声。

“我不知道自己躺了多久。一只柔软的手在摸我的脸，把我给惊醒了。黑暗中我一把攫住火柴，急忙擦亮一根。三个白色怪物弓背站在我面前，见到亮光后匆忙后退。他们跟我之前在废墟里见到的那个怪物很相似。他们生活在无法穿透的黑暗中，所以眼睛大得出奇，而且对光敏感，犹如深海里的鱼的瞳孔，还能反射光线。我丝毫不怀疑他们在没有光线的幽暗中能看到我。他们只是怕光，似乎根本不怕我。我刚划亮一根火柴想看个究竟，他们就拔腿而逃，消失在黑暗的阴沟和地道里。在那里，他们以最奇特的方式对我怒目而视。

“我试着朝他们大喊，但是他们的语言显然和地上居民的不一样。我孤立无援，只能靠自己了。我甚至又萌生了逃跑的念头。但我对自己说‘你已经骑虎难下了’。我沿着地道摸索着前进，机器的响声更大了。顷刻间，墙壁不见了，我进入了一块大空地。我又擦亮一根火柴，见自己置身于一个拱形的大洞穴中。它延伸进浓重的黑暗里，我看到的仅是火柴照亮的范围。

“我的记忆必定模糊不清。像大机器一样的庞然大物突兀在昏暗中，投下怪诞的黑影，鬼魂般的莫洛克人就在里头躲避着光亮。顺便提一句，这地方闷热压抑，还弥漫着一股淡淡的新鲜的血腥味。空地中央有一张白色的金属小桌，桌上似乎摆着一顿饭菜。不管怎样，莫洛克人是食肉动物！当时我就纳闷，究竟是什么大型动物存活至今，给莫洛克人提供这一大块红肉。一切都非常模糊：浓烈的味道，呆板的庞然大物，还有潜伏在黑影里、等着火柴一灭就向我袭来的下流怪物！这时候火柴燃尽了，烫到我的手指掉落在地，只见一个红点在黑暗中扭来扭去。

“我想到这次旅行我的装备严重不足。当我坐上时间机器出发时，我曾荒谬地臆断未来人类的所有用品都远远领先我们。所以我没带武器，没带药品，没带任何可以抽的东西——有时候我真想念烟叶啊！我甚至连火柴都没带够。要是想到带台柯达照相机该有多好！我马上就能把对地下世界的一瞥记录下来，待闲暇时再仔细观察。可现在呢，我站在这里，唯有大自然赋予我的武器和力量——手、脚、牙齿，外加仅剩的四根火柴。

“我不敢摸着黑在大机器中间走。上一根火柴快要熄灭的时候，我才发现自己的火柴已经所剩无几。直到这时，我才意识到要省着点用。我浪费了差不多半盒火柴，就为了让地上世界的居民感到惊讶——他们觉得这东西很新鲜。现在就剩最后四根了。我站在黑暗中，感到有只手碰了我一下，细长的手指在我脸上摸来摸去，还能闻到一股难闻的怪味。一群可怕的小怪物围在我周围，我想我听到了他们的呼吸声。我感到手里的火柴盒被人轻轻地抽走了，背后还有手在拽我的衣服。这些看不见的生物在仔细观察我，让我有种说不出的难受。漆黑中我突然意识到，我对他们的思维和行事方式一无所知。我憋足了劲冲他们大声吼叫，把他们吓跑了。接着我感到他们又在向我逼近，胆子越来越大，猛地揪住我，彼此还怪声怪气地嘀咕着什么。我剧烈地颤抖起来，再次冲他们大喊大叫，声音非常刺耳。这次他们没怎么受惊，围上来时还发出诡异的笑声。我承认我被吓得魂飞魄散。我决定再划燃一根火柴，在光亮的保护下逃走。于是我点起一根火柴，还从口袋里掏出一张纸点着，火光由此多摇曳了一会儿，让我得以退进狭窄的地道。但刚进地道火就熄灭了。黑暗中我听到莫洛克人在后面穷追不舍，像树叶在风中沙沙作响，又像雨滴敲地般啪嗒啪嗒。

“我瞬间就被几只手抓住了，毫无疑问，他们想把我拖回去。我又擦亮一根火柴，在他们被照得眼花缭乱的脸上挥舞着。你们绝对想象不出他们长得有多令人作呕，有多不像人类——煞白的脸上没有下巴，灰红色的大眼睛不长眼睑！他们吃了一惊，一脸茫然。我向你们保证，我没有停下来打量他们。我再次后退，待第二根火柴燃尽后，我点着了第三根。就在第三根火柴快要熄灭的时候，我到达了通往水井的洞口。我在洞边躺了下来，因为井底下大机器的砰砰声震得我头晕。接着我伸手去够井壁上凸出来的钩子，正够着呢，我的双脚被他们从后面紧紧攥住，拼命向后猛拽。我划燃最后一根火柴——可它立马熄灭了。但这时我已抓住了攀登杆。我双脚猛踹，从莫洛克人手中挣脱出来，迅速向井上爬去。他们停了下来，眨巴着眼睛向上盯着我看，只有一个小无赖追着我爬了一段，差点把我的一只靴子抢走当战利品。

“我似乎总也爬不到尽头，在最后二三十英尺的地方，一阵要命的恶心感向我袭来，我费了好大劲才抓牢了没松手。最后几码，我死命硬撑着没让自己晕过去。好几次我头晕目眩，感觉自己要掉下去了。最后我不知怎么地爬出了井口，晃晃悠悠地走出废墟，来到刺眼的阳光下。我俯伏在地，连泥土闻起来都芬芳清新。我记得维娜在亲吻我的双手和耳朵，我还听到了埃洛伊人的说话声。然后我就失去了知觉。”

第七章

“眼下我的处境甚至比先前更糟。到目前为止，除了丢失时间机器那天晚上我痛苦万分外，我始终抱有终将逃脱的希望，但是这一希望被这些新发现弄得渺茫起来。我原以为妨碍我的是那些小人孩子气的单纯，以及某种我一旦了解就能战胜的未知力量。但莫洛克人令人作呕的特质里还有一种非人的恶毒成分。我本能地憎恶他们。之前，我觉得自己像个掉进坑里的人，关心的是这个坑和如何爬出来。现在，我觉得自己像头落入陷阱的野兽，而敌人马上就要向我袭来。

“你们也许会感到惊讶，我所惧怕的敌人就是新月时的黑暗。维娜跟我讲过暗夜的事，一开始我听得云里雾里。现在，我已不难猜测即将降临的暗夜意味着什么。月亮开始形成残月，黑夜一天比一天长。我多少有点明白地上世界的小人为何如此惧怕黑暗了。我依稀想象着莫洛克人在新月之下会干出什么样的邪恶勾当。

“我现在确信我的第二个假设完全错了。地上居民也许曾经是受宠的贵族，莫洛克人则是他们的机械仆人，可这早已成为历史。这两个从人类进化来的物种正在走向或已经形成新的关系。埃洛伊人就像加洛林王朝的国王，已经退化成美丽的摆设。他们还勉强拥有地上世界，那是因为莫洛克人世世代代生活在地下，最终发现阳光照耀的地上让他们无法忍受。莫洛克人还在给埃洛伊人做衣服，维持他们的习惯需求，据我推断，这也许是因为莫洛克人身上还遗留着服侍人的旧习惯。就像站着的马会用蹄子刨地，或者有人喜欢猎杀动物一样，因为过往的需求已经在他们的身体上打下了烙印。

“不过很显然，某种程度上，旧秩序已经颠倒，复仇女神涅墨西斯正袭向优雅的小人。很久以前，几千代人以前，人类把他的同胞从安逸和阳光里猛推了出去。现在，那些同胞回来了——变了！埃洛伊人新接受了老教训，他们重新品尝了恐惧的滋味。

“我突然想起在地下世界看到的那块肉。真够吊诡的，脑海里居然浮现出这个。它不是我苦思冥想出来的，而是像个问题一样突然闯入。我努力回想着那块肉的形状，隐约觉得在哪见过，但又说不清它是什么。

“这些小人在神秘的恐惧面前束手无策，但是我跟他们有着本质的区别。我来自我们的时代，来自人类的全盛时期，恐惧不会让人呆若木鸡，神秘不再让人胆战心惊。我至少能保护自己。我决定说干就干，着手自制武器，搭建一个可以睡觉的堡垒。一旦有了这个庇护基地，我就有信心面对这个陌生的世界了。在意识到自己夜复一夜地睡在莫洛克人眼皮底下后，我的信心都丢光了。在我的床能远离他们的侵袭之前，我觉得自己再也睡不着了。一想到他们肯定在黑暗中观察过我，我就吓得直打哆嗦。

“下午，我沿着泰晤士河谷四处溜达，然而未能找到我认可的险固居所。对身手敏捷、善于攀爬的莫洛克人来说，所有的建筑和树木都容易爬上去，这从他们的水井便能判断出来。我忽然回想起青瓷宫殿高耸的尖塔和光亮的墙壁。傍晚，我把维娜像小孩一样扛在肩上，向西南方的山上走去。我估计这段路有七八英里，可我一定走了将近十八英里。第一次看到那地方是在一个潮湿的午后，所以造成了距离短的假象。此外，我一只鞋的后跟松了，一根钉子戳穿了鞋底，搞得我走路一瘸一拐。那是一双舒适的旧鞋，我平日里只在室内穿。当那座宫殿映入我的眼帘时，太阳早已落山，浅黄色的天空衬托出宫殿的黑色轮廓。

“我刚把维娜扛在肩上时，她高兴得不得了。可没走多久，她就硬要我把她放下来。她在我身边跑着，时而冲向两旁，摘些鲜花塞进我的衣袋。我的衣袋让她困惑不已，最终她得出结论，它们是一种用来插花的怪异花瓶，至少她是当这个使的。噢，这倒提醒了我！我换外套时发现……”

时间旅行者停顿了一下，手伸进衣袋，默不作声地掏出两朵枯萎的花，像是硕大的白锦葵，放到小桌上，然后继续往下讲：

“寂静的夜晚悄悄笼罩大地。我们越过山顶，朝温布尔顿走去。维娜觉得累了，想回灰石大厦。我指向远处青瓷宫殿的小尖塔，试图让她明白，我们是去那里寻找远离恐惧的庇护所。你们知晓黄昏来临前那万籁俱寂的时刻？连轻拂着树梢的微风都不见了。对我而言，傍晚的宁静里总是弥漫着一丝期待。天空清朗、高远又空旷，除了天边还印着几抹余晖。好吧，那天晚上，那丝期待染上了几分我的恐惧之色。在那黑暗的宁静中，我的感官变得异常敏锐。我甚至觉得脚下是空心的。事实上，我几乎就能透过地面看到莫洛克人在蚁冢里走来走去，等待黑夜降临。一想到他们会把我侵入他们的地洞视作宣战，我就兴奋不已。可他们为什么要拿走我的时间机器？

“我们继续在寂静中行走，暮色渐浓，黑夜降临了。远方清澈的蓝色逐渐褪去，星星一个接一个地钻了出来。大地越发昏暗，树林一片漆黑，维娜越发感到恐惧和疲惫。我把她抱在怀中，跟她讲话，温柔地抚摸她。夜色越来越浓，她搂住我的脖子，闭上双眼，脸颊紧贴着我的肩膀。就这样，我们走下一个长坡，进入一个河谷。天色太昏暗了，我差点走进一条小河里。我蹚水走到河谷对面，经过许多沉睡的房子和一尊没头的法翁[1]雕像，来到两棵金合欢树下。到目前为止，我一个莫洛克人也没见着。不过现在还是上半夜，残月升起前的更暗时刻尚未来临。

“从下一个坡顶望去，就见一大片茂密的树林横在我们面前，黑压压的，两头都望不到边。我犹豫了。我走累了，双脚尤其酸痛。我停下脚步，小心翼翼地把维娜从肩

---

1 法翁（Faun），罗马神话中的农牧神，半人半羊，生活在树林里。

膀上放下来，然后坐在草坪上。我再也看不到那座青瓷宫殿，怀疑自己是不是走错了方向。我望向茂密的树林，思量着那里面会潜藏着什么危险。那密集交缠的树枝底下连星星都看不见。就算没有暗藏的危险——那种危险我不愿去多想——也有那么多绊人的树根和撞人的树干。激动了一天后，我累坏了，所以我决定不去面对它，而是在这个空旷的小山上过夜。

“我高兴地看到维娜睡得很香甜。我小心地用外套把她裹起来，坐在她身旁等待月亮升起。山坡上空寂无人，但是黑暗的树林里不时传来生物的骚动。星星在头顶熠熠发光，这是一个非常晴朗的夜晚。闪烁的星光给了我朋友般的慰藉。不过，所有旧的星座已经从天空中消失，几百代人都未能察觉的缓慢移动早已将它们重新排列，组成陌生的星群。但银河似乎和从前一样，还是一条星辰构成的破旧彩带。南边（据我判断是南边）有一颗耀眼的红星，我从没见过，甚至比我们的绿色天狼星还要灿烂。在所有这些闪烁的光点中间，有一颗明亮的行星亲切而沉稳地闪耀着，就像一位老友的脸。

“望着这些星星，我突然觉得自己的麻烦和尘世生活的所有困难都变得渺小了。我想到它们遥不可测的距离，想到它们缓慢而不可避免地移动着，从未知的过去进入未知的未来，想到地球的极点画出的大岁差周期。在我穿越过的那么多年里，地球才安静地旋转了四十圈。在这为数不多的旋转中，所有的活动，所有的传统，复杂的组织、国家、语言、文学、灵感、渴望，甚至记忆里的人类都被一扫而光。取而代之的是忘记祖先的娇弱小人和令我胆寒的白色怪物。这时，我想起了这两个物种之间的巨大恐惧，不禁打了一个冷战。我第一次明白了我看到的那块红肉是谁身上的肉，太可怕了！我看着身边睡梦中的小维娜，星光下她苍白的脸宛若星星，我立即打消了这个想法。

“那个漫长的夜里，我尽量不去想莫洛克人。为了打发时间，我试图从令人困惑的新星群中找出旧星座的痕迹。除了几朵朦胧的云彩，夜空依旧澄澈。毫无疑问，我打了几个盹。守夜的时间慢慢过去，东方的天际露出一抹微光，像无色火焰的倒影。接着下弦月冉冉升起，瘦瘦的，苍白而憔悴。晨曦紧随其后溢满了天空，起初白白的，随后变成温暖的粉红。没有莫洛克人靠近过我们，事实上那天夜晚我一个莫洛克人都没见着。新的一天让人充满信心，我几乎觉得自己没理由感到恐惧。我站起身，发现鞋跟松掉的那只脚的脚踝肿起来了，脚后跟疼痛难忍。

于是我又坐了下来，把鞋子脱下扔了。

“我叫醒维娜，我们一起走进那片树林。此时它已不再黑乎乎的令人望而生畏，而是绿油油的让人心旷神怡。我们找到一些水果当早餐。没过多久，我们就遇到一群优雅的小人，他们在阳光下欢笑起舞，仿佛自然界没有黑夜这回事。我又想起那块红肉，现在我敢肯定那是谁的肉了。我从心底里可怜这些小人——人类的洪流到最后就剩下这条孱弱的小溪。很明显，早在人类走向衰败之初，莫洛克人的食物就已不足，他们可能以老鼠之类的害兽为食。即使是现在，人类都比他们的祖先猴子杂食多了。人类对人肉的偏见并非根深蒂固的天性。所以这些残酷无情的后代子孙！我试图以科学精神看待这件事，毕竟他们比我们三四千年前的同类相食的祖先更没有人性，更冷漠无情。而且吃同类的肉不会遭受内心的折磨，因为智力已经退化了。我为何还要去自寻烦恼？埃洛伊人不过是肥美的牲口，被蚂蚁般的莫洛克人贮存和猎食——可能还被他们饲养。而维娜此刻还在我身边跳舞呢！

“我不由得被一阵恐惧感包围，为了摆脱它，我视之为对人类自私的一种严惩。人类心满意足地利用同胞的劳作过着安逸快乐的生活，把需求当成口号和借口，然而时机成熟的时候，需求就来报应他们了。我甚至想对这些不幸的衰败贵族报以卡莱尔[1]式的蔑视。但是这种态度不可取。尽管智力退化得厉害，埃洛伊人仍然保留了大量人类的特征。我没办法不同情他们，也没办法不分担他们的落魄和恐惧。

“当时，我对自己该朝哪条路走只有非常模糊的想法。我首先想到的是找一个安全的藏身之所，设法自制金属或石制武器，这个需求迫在眉睫；其次，我希望获得取火的工具，以便手持火把当作武器，因为我知道没什么比用火来对付莫洛克人更有效的了；最后我想发明一样东西，用它来砸开狮身人面像底下的青铜门。我想到了攻城槌。我确信如果我手持火把进入门内，就能找到时间机器，然后逃离此地。我想象不出莫洛克人有力气把它搬远。我已经决定把维娜带回到我们的时代。我一边盘算着这些计划，一边朝被我选定为住处的那座建筑走去。”

---

1 卡莱尔（Thomas Carlyle，1795 — 1881），苏格兰讽刺作家、社会评论家、历史学家、哲学家，作品在维多利亚时代甚具影响力。

第八章

“中午时分，我们找到了青瓷宫殿。殿里空无一人，已经沦为废墟。窗户上只残留着一些碎玻璃，大片的青色饰面从锈蚀的金属框架上脱落下来。宫殿高耸在一块绿草如茵的丘陵上。进门前我朝东北方向望去，惊讶地看到一个大河口，甚至是一个小海湾，我断定那是旺兹沃思和巴特西的原址。我想到了——尽管我没有想下去——海里的生物曾经或正在经历的变迁。

“一番察看之后，我确定宫殿是由陶瓷建成。宫殿正面刻着一些未知的文字，我愚蠢地以为维娜能帮我翻译，结果却发现她根本没有文字的概念。我老以为她近乎人类，也许是因为她有近乎人类的感情。

“大门敞开着，已经坏掉了。里面不是通常的大厅，而是一个被许多侧窗照亮的长廊，乍看像是博物馆。瓷砖地面蒙着厚厚的灰尘，陈列着的大量形形色色的物品也都被灰蒙蒙的尘土盖着。我注意到长廊中央竖着个瘦骨嶙峋的怪东西，显然是一具巨型骨架的下半部分。从倾斜的脚骨可以看出，这是某种类似大地懒的灭绝动物。其头骨和上身骨摆在一旁，上面落满了灰，由于屋顶漏水，有一处骨骼已被磨薄。长廊远端还有一具巨大的雷龙骨架。我关于博物馆的猜想得到了证实。在长廊一侧，我发现了貌似倾斜的架子的东西，拂去厚厚的灰尘，原来是我们那个时代常见的玻璃柜。柜子里的物品保存完好，可见它们是密封的。

“毫无疑问，我们正站在南肯辛顿的遗址上！这里显然是古生物展区，原先一定陈列着许多美妙的化石。尽管不可避免的腐蚀过程一度延缓，而且由于细菌和真菌已经灭绝，腐蚀力只剩下原来的百分之一，但是这些珍宝仍然在遭受腐蚀，只不过进程极为缓慢。小人留下的踪迹随处可见——那些稀有的化石要么被打成碎片，要么被串起来挂在芦苇上。有些玻璃柜还被移动过，我判断就是莫洛克人干的。这儿非常寂静，厚厚的尘土压低了我们的脚步声。维娜在倾斜的玻璃柜上滚海胆玩儿，见我东张西望，便赶紧走过来，默默地抓住我的手，站在我身旁。

“起初，这座智慧时代的古代纪念馆让我感到十分惊讶，也就根本没去想它呈现出的种种可能性，甚至当务之急的时间机器都暂时被我丢到脑后。

“从规模来看，这座青瓷宫殿里远不止只有一个古生物展廊，兴许还有历史展廊，甚至还可能有图书馆！对我来说，至少在目前的状况下，这些比正在腐坏的古代地质陈列品要有趣得多。探寻中我又发现一条短廊，和刚才那条长廊交叉，看样子是用来陈列矿石的。我看到一块硫黄，让我联想到火药，不过我没找到硝石，也没见着硝酸盐之类的东西。它们肯定早就潮解掉了。那块硫黄在我脑海里挥之不去，让我浮想联翩。至于短廊里的其他陈列品，总体来说，它们是我目前见到的陈列品里保存得最完好的，但我没有什么兴趣，我又不是矿物学家。接着我走进一条破损严重的走廊，它跟第一条长廊是平行的。这里显然是自然史展廊，不过所有的陈列品都已面目全非。干瘪发黑的动物残骸，曾经装有酒精的坛子里的干尸，植物的棕色灰烬，就是这里的一切！我感到有些遗憾，因为我乐意去追溯再适应的过程，人类正是靠它征服了生气勃勃的大自然。接下来我们来到一条巨大的展廊，里边光线昏暗，地板从我进来的那端缓缓向下倾斜。天花板上按均距挂着白色球体，许多已经碎了，表明这里原先采用人工照明。在这里我适得其所，因为两边都耸立着大型机器，它们大都腐损得厉害，不过仍有一些保存完整。你们知道我对机械有癖好的，我想在这里多逗留一会儿。这些机器带着谜一般的色彩，而我只能隐约猜出些许它们是做什么用的。我觉得如果我能解开这些谜底，那我就拥有了对付莫洛克人的力量。

“维娜突然靠到我身边，把我吓了一大跳。如果不是她，我想我根本注意不到展廊的地面是倾斜的。进门那端高出地面许多，光线从狭长的窗户照进来。当你往前走的时候，窗外的地面逐渐抬高，最后每扇窗户前都出现一块洼地，像伦敦房子前的采光井，只有一道狭窄的光线从顶端照进来。我一边慢慢走着，一边琢磨着这些机器。由于过于专注，我都没发觉光线越来越暗，直到维娜变得越发恐惧，我才意识过来。这时我发现展廊尽头是浓重的黑暗，我犹豫了，四下观望，见这里尘土没那么多，表面也没那么平整。继续朝黑暗里走，就见尘土被许多窄小的脚印破坏了。我猛然意识到莫洛克人随时都会出现。我感到钻研这些机器是在浪费时间，现在下午都快溜走了，我仍然没有武器，没有藏身之处，也没有生火的工具。就在此时，漆黑的展廊深处传来怪异的啪嗒啪嗒声，跟我先前在井下听到的噪声一模一样。

“我牵住维娜的手，陡然有了主意。我放开她，转向一台机器。机器上有根伸在外头的操纵杆，像信号塔上的那种。我爬上机器，抓住操纵杆，用尽全身力气往边上扳。被我丢在展廊中央的维娜突然啜泣起来。我的力道使得很巧，操纵杆很快就‘啪’的一声被我扳断了。我手握‘狼牙棒’回到维娜身旁，心想无论遇上哪个莫洛克人，这根武器都足以让他脑袋开花。我恨不得手刃一两个莫洛克人。你们也许觉得我很残忍，竟然想杀死自己的后代！但不知为何，你对这些家伙根本仁慈不起来。我没有径直冲到展廊尽头杀光这帮没人性的家伙，只是因为我不愿意离开维娜，并且认为如果图一时之快杀了他们，时间机器便会遭殃。

“嗯，我一手握着‘狼牙棒’，一手牵着维娜，走出那条展廊，来到另一个更大的展廊里。乍看像是军用小教堂，悬挂着破破烂烂的军旗。两侧挂着烧焦的棕色破布，我一眼认出是腐掉的书籍残页。它们早就散架了，上面的字掉得一干二净。但是随处可见的变形的纸板和破裂的金属扣已经说明了一切。如果我是个文人，我也许会进行道德说教，指出所有的野心都是徒劳的。但最触动我的是，这茫茫一地的暗淡的烂纸证明了劳动的巨大浪费。我承认当时我脑子里想的是《自然科学会报》[1]和我自己的十七篇物理光学论文。

“我们走上宽阔的楼梯，来到可能曾经是工业化学展廊的地方。我很希望在这里发现有用的东西。除了一端的屋顶塌了外，这个展廊保存得很好。我急切地扑向所有没有损坏的柜子，最终在一个封得死死的柜子里找到一盒火柴。我急不可耐地试了一下，完好，甚至都没受潮。我转向维娜。‘跳舞！’我用她的语言朝她大喊道，因为我拥有了一样可以对付那些可怕的生物的武器。于是，在这荒废破旧的博物馆里，在这又厚又软的地毯般的尘土上，我兴高采烈地用口哨吹奏起《天国》，同时一本正经地表演

1《自然科学会报》(*The Philosophical Transactions*)，全称 The Philosophical Transactions of the Royal Society，是一本由英国皇家学会出版的科学期刊。它始创于 1665 年，是世界上最早专注于科学的期刊，也是世界上运营时间最长的科学期刊。期刊标题中的词语“哲学”(philosophical)源于“自然哲学”(natural philosophy)，也就是现在所说的科学(science)。

了一段混合舞：有端庄的康康舞[1]，还有踢踏舞、裙舞（只要我的燕尾服允许），另外还有我的独创舞步。你们知道我天生具有创造力的。

“现在我依然认为，这盒火柴能逃过无数岁月的侵蚀简直不可思议，而这对我来说也是一件万幸之事。说来也怪，我还发现一种更不可想象的物质——樟脑。是我偶然间在一个密封的玻璃罐里发现的。一开始我以为是石蜡，便把罐子砸碎了。但是樟脑的味道准错不了。一切都在腐烂，然而这种挥发性物质竟然从成千上万个世纪前一直留存至今。它让我想起我见过的 一幅乌贼墨画，是用乌贼化石的墨汁画的，那乌贼一定是几百万年就已死亡并变成化石的。我正准备把樟脑扔掉，但又想起它是易燃物，烧起来火光明亮，等于是很好的蜡烛，于是便将其收进衣袋。不过，我没有找到炸药，也没有找到能够砸开青铜门的工具。我偶得的铁撬棍是我目前获得的最有用的东西。总之我欢欣鼓舞地离开了那间展廊。

“我无法把那个漫长下午的所有事情都讲给你们听。按次序把我的探险经历回忆出来需要很好的记性。我记得

1 康康舞（Cancan），起源于法国的音乐厅舞蹈，华人多称之为大腿舞。

有条长廊里摆放着生锈的兵器架，我左右为难，不知该留着铁撬棍，还是换一柄短斧或一把剑。我没法把两者都带走，再说我的铁撬棍是有望破门的最佳利器。那里还有许多枪支，有手枪也有步枪，大多数已经锈迹斑斑，不过也有不少是某种新金属做的，依然完好无损。但原本可能陈列着的子弹和火药都已腐化为尘土。我看到有个角落烧得焦黑，破损得很严重，兴许就是弹药爆炸造成的。另一处地方陈列着大量神像——波利尼西亚人、墨西哥人、希腊人、腓尼基人，我看地球上每个国家的人都有。我抑制不住内心的冲动，把自己的名字写在一个我一眼看中的南美滑石怪物的鼻子上。

“夜晚将尽，我渐渐没了兴致。我穿过一个又一个展廊，所到之处满是尘土，一片寂静，尽显破败之相。有些陈列品已经成了一堆铁锈和褐煤，有些还算干净。走到一个地方，我突然发现身旁是一个锡矿山模型。接着，我无意中看到一个密封的柜子里有两个炸药筒！‘我发现了！’我大喊道，然后开心地砸碎柜子。接着我起了疑心，踌躇起来。我到旁边一条小走廊进行试爆。

“5 分钟过去了，10 分钟过去了，15 分钟过去了，炸药一点反应都没有。

“我从未如此失望过，这东西肯定是仿制品，看外表就猜得出来。倘若不是仿制品，我绝对立刻冲出去，把狮身人面像、青铜门，以及找到时间机器的可能性统统炸得荡然无存。

“随后，我们来到宫殿内的一个小庭院。院里有草地，还有三棵果树。我们坐下来休息，恢复一下体力。日落时分，我开始思考我们的处境。夜色悄然降临，我还没有找到别人进不来的藏身之所。但这件事已经不再困扰我了，因为我拥有了或是对付莫洛克人的最佳武器——火柴！如果需要火焰，我袋里还有樟脑。目前的最佳方案是在露天过夜，用火来防身。待天亮再去夺回时间机器。虽然我只有一根铁撬棍，但随着我的认识不断加深，我对青铜门的感受已大不一样。之前我一直克制着没有去强行砸门，主要是因为门后面还是一个谜。我从没觉得那门有多坚固，希望我的铁撬棍能派上用场。”

第九章

“我们走出宫殿的时候，还有半个太阳在地平线上。我决定赶在黄昏前穿过之前让我却步的那片树林，于第二天一大早抵达白色狮身人面像那里。我计划当晚尽量多赶路，然后生堆火，在火光的保护下睡个好觉。所以一路上我看到树枝干草就拾起来，不一会儿，我的怀里就满满当当了。由于我抱了一满怀的柴火，我们的速度比我预想的要慢，加上维娜走累了，我自己又犯起困来。当我们到达树林跟前的时候，天已经完全黑了。走在灌木繁茂的山岗上时，维娜被黑暗吓得不敢向前走了。然而我有种奇怪的预感，觉得灾难正在逼近，这种感觉像是一个警告，促使着我继续前行。我已经两天一夜没合眼了，心里焦躁不安。我感觉睡意正在袭来，莫洛克人也随之而至。

“我们正犹豫时，我隐约看到身后乌黑的灌木丛里蹲伏着三个黑影。我们周围全是矮树丛和深草，他们隐藏其间伺机而动，让我感到很不安全。我估摸这片林子不足一英里宽。在我看来，如果我们能穿过它，走到光秃秃的山腰上，就有了安全些的休息之处了。我有火柴和樟脑，可以照亮我们一路穿过树林。可是很明显，如果我挥舞着火柴，就必须丢弃手里的柴火。我只好极不情愿地把柴火放下。这时我突然想到，点燃柴火可以吓唬身后那几个家伙。后来我发现这个做法愚蠢至极，可我当时还以为这是掩护我们撤退的一条妙计。

“不知你们想过没有，在人迹罕至和气候温和的地方，火焰是何等罕见的东西。太阳的热度不足以引发起火，通过露珠聚光也不行，当然在热带地区是可能发生的。闪电会把树木摧毁烧焦，却很少引起燎原大火。腐烂的植物有时会因发酵生热而自燃，却也很少燃起熊熊大火。在这个退化的时代，生火的艺术早就被人类忘却了。在维娜眼中，那舔舐着柴堆的红色火舌完全是新奇的。

“她想跑过去玩火，如果不是我及时制止，她会一头冲到火堆里。我抓住她，不顾她的挣扎，急匆匆莽撞撞地朝着树林深处走去。火光为我们照亮了一小段路。我回头望去，透过茂密的枝干，见火苗已经从柴火堆蔓延到附近的灌木丛，一条蜿蜒的火蛇正朝山上的野草爬去。我笑了，接着继续向黑暗中前进。前面乌天黑地的，维娜不能控制地紧抱着我。不过，随着我的眼睛渐渐适应了黑暗，依然有足够的光亮助我避开枝干。头顶上一片漆黑，只有些许光线从遥远夜空的缝隙透出来照着我们。我一根火柴也没有划，因为腾不出手——我左手抱着维娜，右手提着铁棍。

“一路上我没听到异响，耳边只有自己脚踩嫩枝的噼啪声，头上微风的飒飒声，我自己的呼吸声，以及血管的跳动声。接下来，我好像听到了‘啪嗒啪嗒’的声响，我坚定地继续前进，急促的轻拍声越发清晰，然后我就听到了我在地下世界里听到的那种古怪的声响。很明显，几个莫洛克人正在向我靠拢过来。果然，不一会儿，我的外套就被猛地拽了一下，还有人在碰我的胳膊。维娜剧烈地颤抖着，变得十分安静。

“该划火柴了。但我先得把维娜放下来。我放下她，在口袋里摸索着找火柴。与此同时，一场黑暗中的搏斗在我膝下展开，维娜一声不吭，莫洛克人则依然发出那种奇怪的咕咕声。他们柔软的小手也爬上我的外套和后背，甚至摸起了我的脖子。这时火柴划亮了，嘶嘶作响。我举起燃烧的火柴，看见了莫洛克人在林中逃窜的白色背影。我急忙从袋里掏出一块樟脑，准备在火光变小前点燃它。然后我瞥了维娜一眼，见她趴在地上一动不动，双手紧紧抓住我的脚。我猛然一惊，俯下身来看她，她似乎已经没了呼吸。我点燃樟脑扔到地上，火忽地旺了起来，赶跑了莫洛克人和那些黑影。我跪下来抱起维娜。后面的林子里好像充斥着愤怒和低语！

“维娜似乎晕了过去。我小心地把她扛在肩上，站起身继续向前走。这时我意识到一件可怕的事情。在我摆弄火柴和维娜的时候，我转了几次身，现在完全不知道该往哪个方向走了。弄不好我正在回青瓷宫殿的路上。我身上直冒冷汗。我得赶紧想出该怎么办。我决定就地生一堆火。我把仍旧一动不动的维娜放到一块长草的红玄武土上。第一块樟脑快要熄灭时，我火急火燎地开始捡拾枝条落叶。四周的黑暗中，莫洛克人的眼睛像红宝石一样闪闪发亮。

“樟脑的火光摇曳着，渐渐熄灭了。我划亮一根火柴，两个正在靠近维娜的白色身影慌忙撒腿而逃。其中一个被火光刺得两眼发花，直冲着我跑过来。我一拳打过去，感到他的骨头嘎嘎作响。他哀叫一声，踉跄了几步，倒了下去。我又点燃一块樟脑，继续收拾柴火。这时我注意到头顶上有些树叶非常干燥——我坐时间机器来到这里已有一个星期，还没有下过雨。于是我不再四处搜寻落下的细枝，而是跳起来去拽树枝。没过多久，我就用嫩木头和干柴枝生起一堆呛人的火，这样可以节省我的樟脑了。接着我转头望向躺在铁撬棍边的维娜。我用尽一切办法想让她苏醒过来，可她仍像死人一样躺着，我甚至不确定她是否还在呼吸。

“火堆冒出的烟向我袭来，一下子熏得我昏昏沉沉的。而且空气中还弥漫着樟脑味。这个火堆一两个钟头内不需要添柴火。忙活了半天，我感到疲惫不堪，便坐了下来。树林里还是充斥着那种我听不懂的低语声，让人昏昏欲睡。我好像打了个盹，睁开眼睛后，四围漆黑一团，莫洛克人的魔爪已经伸到我身上。我猛地甩开他们死抓住我不放的手指，匆忙到口袋里摸火柴盒，然而火柴盒没了！他们再次把我牢牢攥住。我马上意识到发生了什么事。我睡着了，火熄掉了，死亡的痛苦涌进我的灵魂。林子里全是木材烧焦的气味。他们勒我的脖子，揪我的头发，拽我的胳膊，把我掀倒在地。乌漆墨黑中这些软不溜秋的怪物全压在我身上，恐怖的程度根本难以想象。我像是被困在了一个巨大的蜘蛛网里。我被他们制服了，倒在了地上。我感到有小牙齿在轻咬我的脖子。我打了个滚，手碰到了铁撬棍。它给了我力量，我挣扎着起身，抖掉身上的‘人鼠’，抄起铁撬棍，向我判断是他们脸的地方刺去。我能感觉到他们被我刺得血肉横飞，我暂且摆脱了他们。

“一场鏖战结束之后，一种奇怪的得意感往往会伴随而来。我体会到了这种感觉。我知道我和维娜迷路了，但我决心让莫洛克人为他们吃的肉付出代价。我背抵着一棵树，挥舞着手中的铁棒。整个林子里都充斥着他们的骚动和叫喊。片刻之后，他们的叫喊变得越发尖锐，动作也变得越发快速，但没有一个进入我的挥击范围。我站在那里，向黑暗怒目而视。我陡然感觉到了希望。是莫洛克人害怕了吗？紧接着发生了一件怪事。黑暗中似乎出现了光亮，我依稀看到了身旁的莫洛克人——三个被我一顿猛刺的家伙倒在我脚边。随后，我无比惊讶地发现其他的莫洛克人在仓皇逃窜，像一条川流不息的小溪般从我身后涌向树林深处。他们的背影不再是白色，而是变成了微红。正当我目瞪口呆之际，就见一颗小火星飘过树枝缝隙里透下的星光，又突然不见了。我这才明白了为什么会有木材烧焦的味道，为什么昏昏欲睡的低语会变成吼叫，为什么会有红色的火星，以及莫洛克人为什么会落荒而逃。

“我从那棵树后走出来，回头望去，透过近处几棵黑乎乎的树干，看到整个树林都在燃烧。是我最早生的那堆火追着我烧来了。我借着火光寻找维娜，可是她不见了。身后传来嘶嘶声、噼啪声以及嫩树一下子烧起来的爆裂声，我无暇多想。我紧握铁撬棍，沿着莫洛克人的方向跑去。这是一场激烈的赛跑。火焰一度从右侧飞速抄到我前面，我只得赶紧转向左边。最后，我跑到了一小块空地上。与此同时，一个莫洛克人踉踉跄跄地冲我跑来，从我身旁一头扎进火里！

“眼前，是我在未来时代里所见到的最怪异可怕的一幕。整块空地被火光照得如同白昼。空地中央是个小丘或坟冢，顶上立着一棵烧焦了的山楂树。空地远端也是一片着火的树林，黄色的火舌向外猛蹿，像一道火栅栏般将空地围得严严实实。山岗上有三四十个莫洛克人，被火光和热浪弄得头晕眼花，在困惑中彼此瞎撞。起初我没意识到他们看不见，只要他们一靠近我，我就惊恐地用铁棒朝他们连续猛抡。打死了一个，打残了好几个。但当我看到有个莫洛克人在红色天空映衬着的山楂树下吃力摸索，而且还听到他们的呻吟声时，我才断定他们在火光照射下已经陷入无助和痛苦的境地，于是不再去击打他们。

“然而，时不时还有莫洛克人朝我冲来，令我不寒而栗，只得急忙躲避。火势一度变小，我担心这些恶心的怪物马上就能看见我，便想着先下手为强，在他们恢复目力之前先干掉几个。但是火势又旺盛了起来，我只好作罢。我在山坡上走来走去，躲避着他们，寻找着维娜的踪迹，然而她还是不见踪影。

“最后我在小丘顶上坐下来，看着这群被耀眼的火光照瞎了的怪物来来回回地摸索前行，对彼此发出神秘的噪音。浓烟盘绕着涌上天空，穿过千疮百孔的闪烁着小星星的红色苍穹，遥远得像来自另一个宇宙。有两三个莫洛克人跌跌撞撞地跟我扑了个满怀，我挥起拳头把他们打跑，打的时候自己也在颤抖。

“在那天夜里的大部分时间里，我都认为这是一场噩梦。我啃咬自己，尖声大叫，想把自己弄醒。我双手捶地，走来走去，站起来又坐下。我揉搓双眼，祈求上帝让我醒过来。我三次目击莫洛克人痛苦地低下头冲进火海。最终，在渐渐熄去的红色火焰的上空，在滚滚的浓烟和黑白相间的树桩上方，在越来越少的朦胧的莫洛克人头顶上，泛起了黎明的白光。

“我再次搜寻维娜，可依旧一无所获。显然他们把她可怜的小尸体留在树林里了。想到它已经逃脱了命中注定的厄运，我感到一种说不出的宽慰。想到这里，我恨不得对这些没用的东西大开杀戒，但我还是克制住了。前面提到的小丘就像这片林海里的一座小岛。我站在小丘顶上，透过烟雾，辨认出了青瓷宫殿的方位，从而判定出白色狮身人面像的方向。天色渐亮起来的时候，我在脚上绑了些草，丢下那些还在瞎跑哀嚎的该死的怪物，一瘸一拐地穿过冒烟的灰烬和里面还跳动着火苗的黑色树干，向时间机器的藏匿地走去。我走得很慢，因为我就快没力气了，而且脚也跛了。小维娜的惨死让我无比愧疚，这是一个巨大的灾难。现在，在这间熟悉的老屋子里，它更像是一个悲伤的梦，而非真的失去了她。但在那天早上，我再次感到无比的孤独——可怕的孤独。我开始想念这栋房子、这个壁炉，开始想念你们，但随之而来的是一种痛苦的渴望。

“不过，当我在早晨明朗的天空下走出冒烟的灰烬时，我发现裤兜里还有几根零散的火柴。火柴盒在丢失之前一定已经漏了。”

第十章

“早晨八九点钟时，我来到那张用黄色金属做的椅子旁，在我刚到的那天晚上，曾坐着它观赏这个世界。我回想起那晚自己仓促得出的结论，不禁对我的自信报以苦笑。这里一切还是上次的模样：景色美丽，枝叶葱茏，宫殿辉煌，废墟宏伟，银色的长河在肥沃的两岸间流淌。美丽的人们穿着鲜艳的长袍在树林里走来走去，还有的就在我救起维娜的地方沐浴，让我顿时感到一阵阵锥心的痛。通往地下世界的深井上耸着圆顶，看上去很煞风景。现在我明白了地上居民的所有美丽遮蔽了什么。白天的时候，他们就跟田间的牲口一样快活。他们一如牲口，不知道有敌人，也不作任何防备。

“他们的结局也是一样。

“一想到人类的智慧之梦如此短暂，我就悲从中来。它自杀了。人类毫不动摇地追求舒适和安逸，致力于实现一个既安全又永久的和谐社会，最终如愿以偿。生命和财产一度达到了绝对安全的地步，富人的财富和舒适有了保障，劳动者的生活和工作也有了保证。毫无疑问，那个完美的世界里没有失业问题，也没有尚未解决的社会问题，世界随之变得无比宁静。

“但我们忽略了一条自然法则，那就是多样性的智慧是对变化、危险和麻烦的补偿。一个与环境高度协调的动物就是一个完美的机制。只有当习惯和本能失效时，自然才会诉诸智慧。没有变化和不需变化的地方是没有智慧的，只有那些需要直面多种需求和多种危险的动物才具有智慧。

“因此，如我所见，地上居民渐渐变得孱弱柔美，地下世界则趋向纯粹的机械工业。但即便是对完美的机械来说，这种完美的状态也缺乏一样东西——绝对的永恒。显而易见，随着时间的推移，不管出于何因，总之，地下居民的吃饭又成了问题。避开几千年之久的需求之母又回来了，先是来到地下。地下生物长期与机器打交道，但无论机器多么完美，他们都需要在习惯之外拥有一点思考能力，也许他们在人性上不及地上居民，但他们更具主动性。当他们没别的肉可吃时，他们便拾起一个被禁止多年的旧习。所以，我在802701年的世界里看到了这一幕。我的解释也许有误，像凡人的脑袋瓜编造出来的。但它们就是这样呈现在我面前的，我如实地讲给你们听了。

“经历了几天的劳累、激动和恐惧，尽管我很悲伤，但是这张椅子，这宁静的风景和温暖的阳光着实令人惬意。我又累又困，才思索了一会儿就打起瞌睡来。意识到自己困了，我索性展开四肢躺在草地上，睡了个大好觉。

“太阳快下山时，我醒了过来。现在安全了，不用怕打盹时被莫洛克人捉住了。我伸伸懒腰，下山朝白色狮身人面像走去。我一手提着铁撬棍，一手拨弄着裤兜里的火柴。

“这时，一件最意想不到的事情发生了。当我走近狮身人面像的底座时，发现青铜门大开着，门滑进了槽里。

“见此情景，我连忙停住脚步，犹豫着要不要进去。

“里面是一个小房间，时间机器放在一个角落里凸起的地方。小操纵杆就在我口袋里。为了攻打白色狮身人面像，我做了精心的准备，可它现在却乖乖地投降了。我扔掉手中的铁撬棍，为它没派上用场感到惋惜。

“当我弯下腰准备进门时，一个念头陡然冒了出来，觉得至少这回我掌握了莫洛克人的心理活动。我压抑着想笑的强烈冲动，跨过青铜门框，走到时间机器跟前。我惊讶地发现它被小心地上过油，并且已经擦拭干净。自此我开始怀疑，莫洛克人为了弄明白这台机器的用途，已经用他们的笨办法拆卸过其中一部分。

“我站在那里仔细地端详着它，连摸一下都觉得好满足。但我意料之中的事情还是发生了。青铜嵌板突然升了上去，‘哐当’一声撞到上面的门框。我被困在了黑暗之中——莫洛克人是这么想的。我开心地暗自窃笑。

“我已经能听到他们朝我走来时发出的轻笑。我从容淡定地准备划亮一根火柴。我只需装上操纵杆，像个幽灵一样离去。但我忽略了一件小事，我的火柴太可恶了，是只能在火柴盒上划燃的那种。

“你们可以想象我的从容淡定是怎么一下子化为乌有的。那些小畜生在向我围拢，其中一个碰到了我。黑暗中，我挥动操纵杆向他们扫击过去，然后急匆匆地爬上时间机器的鞍座。这时一只手摸到我身上，紧接着又是一只手。我拉扯着他们不断伸向操纵杆的手指，同时摸索着操纵杆的接口。差点被他们抢掉一根。当它从我手里滑脱时，我只能在一团漆黑中用头猛撞他们以夺回它——我能听到莫洛克人头骨的鸣响。我想，这最后一次的争夺战比林子里那一仗还要惊险。

“最终我装好了操纵杆。我一拉之后，紧紧抓住我的手纷纷滑落。黑暗旋即从我眼前消失，我发现自己又回到了我曾描述过的那种灰光和混沌之中。”

第十一章

“我跟你们说过时间旅行中伴随的恶心和慌乱。这次我的坐姿不对，身子倒向一侧，很不稳当。在很长一段时间里，我一直紧抓摇摆颠簸着的时间机器不放，完全没留意自己是如何行进的。当我终于鼓起勇气看向仪表盘时，我不禁为自己已经抵达的时空位置感到惊愕不已。一个仪表盘显示日数，一个显示千日数，一个显示百万日数，还有一个显示十亿日数。我没有倒转操纵杆，而是拉动它们向前行进。当我看向那些指针的时候，就见千日数的指针转得像手表的秒针一样快，正在驰往未来。

“行驶途中，周遭景物悄悄发生了奇异的变化。悸动的灰色越来越暗，虽然我仍在高速行驶，但昼夜之间眨眼般的更替又出现了，而且越来越明显，这通常表明速度在趋缓。起初我大惑不解。昼夜交替越来越慢，太阳划过天际的速度也在放缓，仿佛要延续几个世纪。终于，平稳的暮色开始笼罩大地，偶尔有彗星闪耀着划过黑暗的天空时，它才会被撕破。标志着太阳的光带已经消失，因为它不再落山，仅在西边升降，而且变得越大越红。月亮消失得无影无踪，星星的盘旋也越发缓慢，变成了蠕动的光点。最终，在我停下前不久，又红又大的太阳一动不动地停在地平线上，像一个散着热气的巨大穹顶，时不时地还会隐去片刻。它一度再次明亮起来，但又迅速回到阴沉的赤热之中。太阳升降的频率减慢，让我察觉到潮汐阻力已经发挥作用。地球已经停止旋转，有一面对着太阳，正如我们自己的时代里月亮对着地球那样。我小心翼翼地倒转行驶方向，因为上次那个‘倒栽葱’仍记忆犹新。旋转的指针越来越慢，直到千日指针似乎停转，单日指针也不再像一片薄雾。机器仍在减速，荒凉海滩的模糊轮廓越发清晰。

“我缓缓着陆，坐在时间机器上环顾四周。天空不再是蓝色的，东北方一片墨黑，苍白的星星在黑暗中稳定地闪耀着。头顶上是深沉的印度红，没有一颗星星。东南方越来越亮，变成夺目的猩红色，太阳巨大的身躯躺在那儿的地平线上，红彤彤的一动不动。我周围的岩石呈刺眼的红色。刚开始的时候，我唯一能看到的生命迹象是翠绿的植物，它们覆盖了东南方每一个突出的岬角。就像树林中的苔藓或洞穴里的地衣一样浓绿，都是些终年生长在阴暗处的植物。

“时间机器停在一个倾斜的海滩上。大海向西南方向延伸，融入苍白天际下清晰明亮的地平线。一丝微风都没有，也没有拍岸的波涛和碎浪，只有油状的海水像轻柔的呼吸一样起伏，表明永恒的大海还活着，仍在流动。海水间或冲破边隅，留下一层厚厚的盐垢，在惨白的天空下泛着粉红色。我的脑子里有种压迫感，我注意到自己的呼吸变得非常急促。这感觉让我回想起我仅有的一次登山经历，由此我判断这里的空气比我们现在的要稀薄。

“远处荒芜的斜坡上传来一声刺耳的尖叫，只见一只像是白色巨蝶的东西斜着身子扇着翅膀飞上天空，盘旋着消失在远方的小山丘。它的叫声凄凉极了，听得我直打哆嗦，不由得坐得更牢了。我再度环顾四周，看到不远处有个东西正向我缓缓逼近，我原以为那是一块红岩石来着。接着我看清了它的真面目，是一只巨蟹状的生物。你们能想象一只跟桌子一般大的螃蟹，长着好多条腿，缓慢地蹒跚着，摇摆着大螯，长长的触须像马车夫的鞭子般摇晃摸索，一双柄眼从金属似的正面两侧冲着我闪烁？它的背上呈波纹状，缀有丑陋的疣（yóu）突，布满绿色的瘢痂（bān jiā）。在它爬行时，从它结构复杂的嘴里伸出许多触须，抖动着，探索着。

“我凝视着这只凶险的鬼怪朝我爬来，忽然感到脸颊有点痒，像有只苍蝇飞落在上面。我用手将它拂去，可它马上又回来了，而且紧跟着耳边也飞来一只。我挥手打去，抓到一个像线一样的东西。它立刻从我手里抽了出去。我惊恐不安地转过身来，发现刚才抓住的是身后另一只巨蟹的触须。它邪恶的眼睛在眼柄里扭动，嘴巴流着哈喇子，丑陋的大螯上沾着泥藻，正朝我落下来。我立即抓住操纵杆，将自己开到距这些怪物一个月的地方。但我仍在这个海滩上——我刚停下就清楚地看到了它们。天色阴沉，好像有几十只巨蟹在翠绿的植被中爬来爬去。

“世界笼罩在可恶的荒凉之中，那种感觉我难以言表。东方的红色天空，北方的暗无天日，多盐的死海，爬满行动迟缓的肮脏怪物的石滩，清一色看起来有毒的绿色地衣，还有伤肺的稀薄空气，共同营造了眼前的骇人氛围。

“我向前开了 100 年，还是那个红太阳——只是大了点儿，暗了点儿——还是那片死海，还是那种寒冷的空气，还是那群陆地甲壳纲动物在绿草和红石之间爬来爬去。而在西边的天空中，我看到一道苍白的弧线，像一轮巨大的新月。

“我继续前行。我被地球的命运之谜所吸引，每隔上千年便会停下机器，莫名入迷地看着西边的太阳越来越大，越来越暗，看着古老地球的生命渐渐流逝。最终，在三千多万年后，巨大炽热的太阳火球几乎遮住了十分之一的幽暗苍穹。我又一次停了下来，因为爬行的蟹群已不复存在，红色的海滩上除了青苔和地衣，再没有一丝生命的迹象。这时的海滩呈斑驳的白色。一股寒意向我袭来。罕见的白色雪花时而旋转飘落。东北方黑色的天空下，白雪在星光的映衬下发出刺眼的光，白里透粉的山峰绵延起伏。海岸边结了冰，远处海面上漂着大量冰块，但咸海的大部分水域尚未冻结，在永恒的夕阳下一片猩红。

“我四下张望，寻找动物留下的生命的痕迹。一种难以名状的恐惧迫使我留在鞍座上。但无论是在地上、空中，还是海里，我都没看到动的东西，只有岩石上的绿泥证明生命尚未灭绝。一个浅浅的沙洲露出海面，海水从海滩退离。我好像看到一个黑色的东西在沙洲上扑动，可当我定睛望去时，它又没了动静。我的眼睛应该是被骗了，那个黑色物体不过是一块岩石。天上的星星异常明亮，看起来不怎么闪烁。

“突然，我注意到太阳西侧的圆形轮廓发生了变化，弧线上出现一个凹面，一道小湾，而且越来越大。白昼渐渐被黑暗吞没，我惊骇地望了短短一会儿，意识到日食开始了。月亮或是水星正在穿过日轮。起初我想当然地认为那是月亮，但种种迹象向我表明，这是一颗内行星，正从距离地球很近的地方经过。

“天色迅速变黑。阵阵凉爽的冷风从东方吹来，纷纷扬扬的雪花越来越密。海边传来潺潺的水声和飒飒的风声。除了这些死气沉沉的声响，世界一片寂静。寂静？这种寂静难以言述。人类的所有声音，羊咩、鸟啼、虫鸣，组成我们生活背景的骚动声，都已不复存在。黑暗越发浓重，雪花越发密集，在我眼前飞舞旋绕，空气越发寒冷。终于，远方的白色山峰一个接一个飞快地消失在黑暗中。微风变成了呼啸的寒风，我看到日食中央的黑影向我席卷而来。刹那间，只能看到苍白的星星，其他一切都晦暗不明。天空一片漆黑。

“无边的黑暗令我心惊胆战。彻骨的寒冷，呼吸的疼痛让我无法自持。我身体直发抖，恶心得要命。这时太阳的边缘露了出来，像一张赤热的弓。我走下机器，镇定一下情绪。我感到头晕目眩，无法面对归程。就在我脑子一片混乱，胃里犯着恶心的时候，我又看到沙洲上那东西在动，这次肯定没错，是个会动的东西，后面是红色的海水。它是圆形的，跟足球一般大小，兴许更大一些，触须拖在身后。在翻腾的血红海水的映衬下，它似乎是黑色的，时不时地跳来跳去。我觉得自己快要晕倒了。想到自己就要无助地躺在这遥远而可怕的昏暗中，我不禁吓得要死。这种恐惧支撑着我爬上了鞍座。”

第十二章

“就这样，我回来了。我在时间机器上一定昏过去很久。昼夜之间眨眼般的更替又回来了，太阳重现金色，天空一片湛蓝。呼吸顺畅多了。高低起伏的陆地轮廓时隐时现，仪表盘上的指针飞速倒转。最终，我看到了房屋模糊的影子，表明到了人类的堕落时代。它们变幻、消逝，随即换成新的景致。不一会儿，百万日仪表盘的指针指向了零。我放慢速度，认出了我们这个时代的熟悉的小型建筑。千日指针也归零了，昼夜交替越来越慢。实验室熟悉的墙壁出现在我周围，我非常小心地减缓速度。

“我注意到一件吊诡的小事。我想我跟你们说过，在我动身的时候，机器尚未高速行驶之前，瓦切特夫人正好穿过房间，速度快得跟火箭似的。回来的时候，我又途经她穿过实验室的那一分钟。但这次她的每个动作都与上次正好相反。下端的门开了，她悄悄地倒着滑回实验室，消失在她上次进来的那扇门后。在这之前，我好像看到希利尔一闪而过。

“接着我停下时间机器，又看到了熟悉的一切，我的实验室、工具、设备，都还是离开时的样子。我晃晃悠悠地从机器上下来，坐到长形工作台上。我剧烈地颤抖了好几分钟才平静下来。我的四周是熟悉的实验室，和先前一模一样。也许我在这里睡了一觉，整件事情就是南柯一梦。

“不，不完全是！我是从实验室的东南角出发的，回来时它却停在西北角，如你们所见，靠着这堵墙。恰好是那块小草坪到白色狮身人面像底座的距离，莫洛克人把我的时间机器搬进了那个底座。

“有那么一会儿，我的脑子像僵住了。我站起身，一瘸一拐地穿过走廊，因为我的脚跟还在生疼，而且脏得要命。我看到了门口桌上的《蓓尔美尔街公报》，发现日期确实是今天。我瞥了眼时钟，快到八点了。我听到了你们的说话声和盘碟相碰的当啷声。我犹豫了，因为我胃里直犯恶心，感到虚弱无力。接着我闻到了肉香，于是推门而入，看见了你们。接下来的事情你们都知道了，我洗了澡，吃了饭，现在正把我的历险讲给你们听。”

“我知道，”他停顿了一下说，“这一切对你们来说绝对难以置信。但对我而言，难以置信的是我今晚能坐在这间熟悉的屋子里，凝视着你们亲切的面庞，给你们讲述这些奇遇。”

他看着医生说：“不，我不指望你们相信我的话。就当它是谎言或预言，或是我在实验室里做的一个梦。就当我在思索人类的命运，最后杜撰出这个故事。把我对其真实性的断言当作增加趣味性的技法好了。就把它当成一个故事来听，你们觉得呢？”

他拿起烟斗，以他习惯性的风格在壁炉的栅栏杆上敲了敲，显得有些紧张。一时间屋里鸦雀无声。接着椅子开始嘎吱作响，鞋子在地毯上发出刮擦声。我把视线从时间旅行者脸上移开，环视着他的听众。他们坐在暗处，小小的红点在他们面前晃动。医生似乎陷入了对主人的沉思之中。编辑紧紧盯着自己的雪茄烟蒂，第六支了。记者在摸索着手表。我记得其他人都一动不动。

编辑叹了口气，站起身来。“你不当小说家太可惜了！”他说着，将手搭在时间旅行者的肩膀上。

“你不信？”

“嗯——”

“我觉得你不信。”

时间旅行者转向我们。“火柴在哪里？”他问。他划燃一根火柴，一边吸着烟斗，一边说道：“说实在的……我自己都难以相信……但是……”

他把询问的目光默默投向小桌上枯萎的白花，接着将拿着烟斗的手翻转过来。我注意到他在看指关节上尚未愈合的伤疤。

医生起身走到灯前，细细打量白花。“雌蕊怪怪的。”他说。心理学家俯身去看，伸出手想拿起一朵。

“我的天，都 12 点 45 了，”记者说，“我们怎么回家？”

“车站有的是出租马车。”心理学家说。

“这花很怪，”医生说，“我确实不知道它属于什么科。能给我吗？”

时间旅行者迟疑了片刻，突然说道：“当然不能。”

“你到底从哪弄来的？”医生问。

时间旅行者一只手放到头上，说起话来像是试图抓住一个在躲避他的想法。“是时间旅行时维娜放进我口袋的。”他环顾着房间，“太奇怪了，我记不起来了。这间屋子、你们，还有平常的气氛让我的记忆无法承受。我造过时间机器或时间机器模型吗？或者这一切只是一场梦？都说人生就是一场梦，有时是一场非常可怜的梦，不过我受不了再来一场格格不入的梦。太疯狂了。这场梦从哪里来的？我得去看看这台机器，如果有的话！”

他迅速抓起桌上那盏摇曳着红光的灯，提着它出门进了走廊。我们跟在他后头。闪烁的灯光下，时间机器果真就在眼前，矮胖丑陋、歪歪扭扭，用黄铜、乌木、象牙和闪着微光的半透明石英做成。我伸手摸了摸它的横杆，挺结实的，象牙上有棕色斑点和污迹，机器下部沾着草和苔藓，一根横杆被压弯了。

时间旅行者将台灯放到长形工作台上，一只手抚摸着损坏的横杆。“现在好了，”他说，“我对你们讲的故事是真实的。抱歉，把你们带到这里挨冻。”他拿起灯，我们在绝对的缄默中回到吸烟室。

时间旅行者陪我们走到门厅，帮编辑穿上外衣。医生看着他的脸，迟疑地说他劳累过度，他听了哈哈大笑。我记得他站在门口，和我们大声道晚安。

我和编辑同乘一辆出租马车。他认为这个故事是个“花哨的谎言”，而我却得不出任何结论。这故事太异想天开了，简直不可思议，但时间旅行者的讲述又认真严肃，令人非常信服。

那晚我几乎没合眼，老想着这事儿。我决定第二天再去拜访时间旅行者。我被告知他在实验室里。我和他关系很好，就直接去找他了。可实验室里空空如也。我盯着时间机器看了一小会儿，接着伸手摸了摸操纵杆。那看似矮墩结实的家伙像风中的大树枝一样摇晃起来。它的不稳定让我极其吃惊，我莫名其妙地联想到了禁止擅自摆弄东西的童年岁月。我从走廊返回，在吸烟室撞上了时间旅行者。他从房里出来，一只胳膊夹着一台小照相机，另一只夹着背包。他看到我后笑了起来，伸出一个胳膊肘让我握。“我忙得要死，”他说，“忙那个东西。”

“那难道不是骗人的吗？”我问，“你真穿越时间了？”

“千真万确地穿越了。”他坦率地看着我的眼睛说。接着他犹豫了一下，目光在屋里游荡。“我只要半个钟头，”他说，“我知道你为什么来，你这人非常不错。这儿有几本杂志。如果你能留下来吃午饭，我会彻底地跟你证明时间旅行的真实性，还有标本等所有东西。你能原谅我现在离开吗？”

我同意了，当时没能领会他话里的全部意思。他点了点头，走进走廊。我听到实验室的门“砰”的一声关上了。我坐到椅子上，拿起一份日报。午餐前他要干什么？这时候，报上一则广告让我突然想起自己和出版商理查森约了两点见面。我看了一下表，发现就快赶不上了。我连忙起身，沿着走廊过去和时间旅行者道别。

当我握住实验室门把手的时候，耳边传来一声惊叫，诡异地戛然而止，接着是“咔嗒”一声和“扑通”一声。我打开门，顿时被一股旋风包围，里面传来碎玻璃落在地上的声音。时间旅行者不在那里。在一刹那间，我似乎看到一个幽灵般的模糊身影，坐在一个飞速旋转着的黑黄相间的东西上。那个身影是如此透明，他后面的长形工作台和上面的图纸看得一清二楚。可我揉揉眼睛再去看时，那个幻影已经不翼而飞。时间机器不见了。除了徐徐落下的灰尘，实验室那一端空无一物。看样子，天窗上有块玻璃刚被吹落下来。

我错愕不已。我知道刚才发生了一件怪事，可一时间又搞不清是什么怪事。我看得发呆之际，通向花园的门开了，男仆走了进来。

我们面面相觑。然后我想到了什么。

“——先生是从那边出去的吗？”我问。

“不是，先生。没人从这边出去。我以为他在这里呢。”

我一下子明白了。冒着让理查森失望的风险，我留了下来，等待时间旅行者的归来，等待第二个也许更为离奇的故事，等待他将带回来的标本和照片。但我现在开始担心自己要等上一辈子了。

时间旅行者已经失踪了三年之久。而且众所周知，他再也没有回来过。

尾声

除了惊叹，别无选择。他还会回来吗？

他或许回到了远古，与旧石器时代茹毛饮血的多毛野人为伍，或是坠入白垩纪海底的深渊，抑或身陷侏罗纪时代丑怪的蜥蜴目爬行动物之中。此刻他甚至——如果我能用这个词——正漫步于蛇颈龙出没的珊瑚礁上，或三叠纪孤寂的盐水湖畔。或许他向前飞去，飞进了一个和我们邻近的时代？那里的人还是人，但我们时代的谜团有了答案，那些令人厌倦的难题得到了解决。

或许那是人类的成年期：在我看来，我们当今的时代充斥着无力的实验，零碎的理论和彼此的纷争，不是人类的巅峰时期！这只是我个人之见。

我知道——因为早在时间机器完工之前，我们就讨论过这个问题——他对人类的进步持悲观态度，认为文明的累积是愚蠢的堆积，最终必将转而毁灭它的创造者。如果真是这样，我们还得若无其事地活着。但对我来说，未来依旧黑暗茫然，是巨大的无知，只有偶尔几个地方，被记忆里他的故事照亮。

让我感到慰藉的是，我这里还有两朵奇异的白花——现在已经皱缩发黄，又干又脆——它们证明了即使智力和体力已经严重退化，感激之情和共有的温情仍然活在人类心中。

译后记

时间旅行者的遨游

赫伯特·乔治·威尔斯（1866－1946），英国著名小说家、新闻记者、政治家、社会学家和历史学家，在多个领域著作极丰，尤以科幻小说创作闻名于世，其科幻代表作包括《时间机器》《隐身人》《莫罗博士岛》《星际战争》等。他开创了“时间旅行”“外星人入侵”“反乌托邦”等世界科幻小说中的重要血脉，创作方法对后世科幻小说的发展有重要影响，故有“科幻小说之父”“科幻小说界的莎士比亚”之称。

清醒的科学幻想家

在科幻出版先驱雨果·根斯巴克看来，“所谓科幻小说，就是凡尔纳、威尔斯和爱伦·坡写的那种，在迷人的传奇故事中交织科学事实与先见之明”。威尔斯受到过很好的专业科学训练，青年时代在英国皇家科学院的前身南肯辛顿科学师范学院学习物理、化学、地质、天文等学科。其间，曾师从进化论科学家托马斯·亨利·赫胥黎学习生物学，后以动物学的优异成绩获得伦敦大学帝国理工学院的理学学士学位。他天马行空般的想象多以科学技术为基础，不乏科学事实，且有丰富的科学知识储备可以借助。他也不乏先见之明，在书中作出的多个科学预言最终得到了应验，诸如原子弹、生长激素、器官移植、克隆、激光、毒瓦斯等等。他想象在宇宙中遨游，描写宇宙航行的失重现象；他还把人类送上月球，生动描绘人类在月球上软着陆，飞船返回地球溅落海中的情景，这些幻想的细节多年后被登月的宇航员确认无误。

在威尔斯笔下，科学技术的进步一方面给未来世界带来了美好和便利，但另一方面也带来了不良后果和社会问题。他经常警示科学技术发展的消极影响，作品中充满了科技发展给人类带来的威胁。事实上，科学技术只是威尔斯创作的一种载体，他通过它来表达自己对人类未来的忧虑，对人类命运的思考。这是威尔斯不同于许多科幻作家的地方，他拥有的不只是科学上的想象力和将科学事实通俗化的能力，在那些幻想的外衣下，是内核深刻的现实性、严肃的思想主题和强烈的社会意识。这和威尔斯的出身及少时学徒的经历有关，他很早就接受了空想社会主义，曾是标榜改良主义的社会主义团体费边社的重要成员。所以阶级冲突会成为他小说中的重要一环。他往往会借助科学幻想的形式，用怪诞的人物、夸张的手法揭露社会矛盾，谴责资本主义制度下的丑恶现象，乃至警示资产阶级和无产阶级的长期敌对可能造成恐怖的后果。

穿梭到八十万年后

《时间机器》便是这样一部披着科幻外衣的现实主义小说。它发表于 1895 年，是威尔斯的科幻小说处女作，给威尔斯的科幻小说定下了社会寓言的基调。主人公“时间旅行者”基于“四维空间”的理论，发明了一种能够穿越时空的时间机器。值得一提的是，威尔斯提出的“四维空间”的构想，比爱因斯坦还要早二十年。

“时间旅行者”乘着时间机器穿梭到了八十万年后的未来世界中。公元 802701 年，人类已进化为两种极端、对立的生物，一种是娇小柔弱的埃洛伊人，住在地上的宫殿式建筑中，过着优雅安逸的生活，由于长期不事劳作、养尊处优而引起体力和智力的退化；另一种是形如狐猴的莫洛克人，生活在暗无天日的地下世界里，怕光怕火，终日在轰隆隆的大型机器旁劳作，为埃洛伊人的舒适生活创造一切必需的物质条件，然而莫洛克人却以吃埃洛伊人的肉为生。威尔斯创作这本小说时，英国正值科学技术和工业文明发展的高峰期，社会两极分化严重，工人日夜拼命工作，资本家因而过上了富足安逸的生活。读者不难猜到，埃洛伊人和莫洛克人分别隐喻资产阶级和工人阶级。主人公来到公元802701年后不久，他的时间机器便不翼而飞，他怀疑是被莫洛克人搬走了。为了揭开地下之谜，找回时间机器，他沿着井壁爬入莫洛克人的地下世界，结果被莫洛克人追赶攻击，最后历经艰险终于逃离。之后时间旅行者又穿梭到了几百万年以后，那时的世界已经满目疮痍，人类已经灭绝，只剩下白色的巨蝶、爬行的巨蟹和难以言说的孤独感。

希望是朵温情脉脉的花

小说以第一人称为叙事形式，对细节的描写入木三分，展现了一幅未来世界的阴森可怖的画面，最后是世界末日的惊悚景象。实际上，相互仇视的埃洛伊人和莫洛克人都是作者生活时代的缩影，警示资本家和工人矛盾加剧可能招致严重后果。在威尔斯笔下，人类社会高度发展后却整体走向了衰败和灭亡。也许时间旅行只是一个幌子，威尔斯的真正目的是给现代社会敲响警钟：随着文明的发展和科技的进步，人类社会面临的问题是否会越来越多？

尽管威尔斯对人类的发展持悲观态度，但这并不意味着他对人类的未来已经丧失了信心，这从主人公从八十万年后带回的两朵白花便可见一斑。在与埃洛伊小美人维娜的相处中，主人公感受到了脉脉温情，失魂落魄的内心得到了安慰，白花是他们相遇的见证。结尾写道："让我感到慰藉的是，我这里还有两朵奇异的白花——现在已经皱缩发黄，又干又脆——它们证明了即使智力和体力已经严重退化，感激之情和共有的温情仍然活在人类心中。"威尔斯借此表达了对人类终极处境的人文关怀。人类的感激之情和共有的温情并没有消失，依然在熠熠发光，所以人类还有希望。

陈震

2019.9.13 于靖江

附录

赫伯特·乔治·威尔斯大事年表[1]

◎ 1866年 诞生

9月21日，出身于英国伦敦东南部肯特郡布罗姆利（Bromley）的一个贫寒家庭。

其父约瑟夫·威尔斯（Joseph Wells）和其母萨拉·尼尔（Sarah Neal）共育有三男一女，威尔斯是最小的孩子。约瑟夫·威尔斯做过园丁，萨拉·尼尔做过女佣。

当时，威尔斯的父母经营着一家店铺，售卖瓷器和体育用品，但收益甚微。此外，父亲还是一名职业板球运动员，效力于肯特郡板球队，其比赛收入是威尔斯一家的重要经济来源。

◎ 1874年 8岁

意外摔断了腿，卧床休养期间，父亲为他从图书馆借来了各种书籍，这些书籍带他进入了外面的世界，也激发了他写作的欲望。他由此养成了阅读的兴趣和习惯。

---

1 由译者陈震编译。

同年9月起，威尔斯开始在托马斯·莫利商业学校（Thomas Morley’s Commercial Academy）学习，直至1880年6月。

◎ 1877年 11岁

父亲大腿骨折，这场意外断送了他作为板球运动员的职业生涯，也让威尔斯一家失去了主要经济来源，而微薄的店铺收入难以维持生计，生活更为窘迫。于是，威尔斯和哥哥们开始进入社会谋生。

◎ 1879年 13岁

10月，母亲通过一位远亲亚瑟·威廉姆斯的关系，为他在伍基（Wookey）的一所学校安排了一份学生助教（pupil-teacher，为低年级学生上课的高年级学生）的工作，半工半读。

然而，同年12月，威廉姆斯因教学资质问题被学校解雇，威尔斯也只得离开。

在米德赫斯特（Midhurst）附近做过短期药剂师学徒、在米德赫斯特文法学校（Midhurst Grammar School）当了一小段时间的寄宿生之后，威尔斯与一家布商签订了学徒工协议。

◎ 1880—1883年 14—17岁

在海德氏南海布料商店（Hyde’s Southsea Drapery Emporium）做学徒，每天工作13个小时，和其他学徒住在一间宿舍里。这段难以忍受的经历日后启发他写下了《命运之轮》（*The Wheels of Chance*）、《波利先生的故事》（*The History of Mr. Polly*）和《基普斯：一个简单灵魂的故事》（*Kipps: The Story of a Simple Soul*），这几部小说描绘了一个布店学徒的生活，并对社会财富的分配提出了批评。

◎ 1883 年　17 岁

说服父母不再送他去做学徒，再一次得到进入米德赫斯特文法学校的机会，成为学生助教。

在拉丁语和科学方面很在行，给校方留下了深刻的印象。

◎ 1884 年　18 岁

获得助学金，进入位于南肯辛顿的科学师范学院（Normal School of Science，即皇家科学院的前身，如今隶属于英国帝国理工学院），学习物理学、化学、地质学、天文学和生物学等课程。其中，生物学课程由著名的进化论科学家托马斯·亨利·赫胥黎（Thomas Henry Huxley）任教。

◎ 1884 — 1887 年　18 — 21 岁

每周能够拿到 21 先令（1 基尼）的补助金，得以完成学业。

这一时期，威尔斯对社会改革开始产生兴趣，加入了辩论社团，与他人一起创办《科学学院杂志》(*The Science School Journal*)，积极表达对文学和社会的观点，同时开始尝试写小说。

◎ 1887 年　21 岁

威尔斯没能在科学师范学院拿到学位（一说是因为在学年测验中地质学成绩不及格），便离开了学校，在之后的几年中以教书为生。

◎ 1888 年　22 岁

在《科学学院杂志》上发表短篇小说《顽固的阿尔戈英雄》(*The Chronic Argonauts*)，被视为其代表作《时间机器》(*The Time Machine*)的前身。

◎ 1890 年　24 岁

通过伦敦大学外部课程(University of London External Programme)，完成动物学的修读，这时才获得理学学士学位。

◎ 1891 年　25 岁

离开科学师范学校后，威尔斯就没有了收入来源。他的婶婶玛丽邀请他到她家住一段时间，这解决了他的住宿问题。

其间，他对自己的堂妹、玛丽的女儿伊莎贝尔·玛丽·史密斯(Isabel Mary Smith)越发感兴趣，随后向她求爱。他俩于 1891 年结婚。

同年，开始在伦敦大学函授学院教授生物学，一直到 1893 年。在教书之余，为了挣钱，他也为杂志撰写短篇谐趣文章等。

◎ 1893 年　27 岁

患上了肺出血，休养期间，开始写作短篇小说、散文、评论，以及科普作品。

第一部著作《生物学读本》(*Textbook of Biology*)以及与 R.A. 格雷戈里(R.A.Gregory)合著的《向自然地理学致敬》(*Honours Physiography*)出版。

◎ 1894 年　28 岁

爱上了自己的学生艾米·凯瑟琳·罗宾斯（Amy Catherine Robbins），与第一任妻子伊莎贝尔分居。

◎ 1895 年　29 岁

5 月，与艾米·凯瑟琳·罗宾斯（威尔斯叫她简）搬到萨里郡的沃金（Woking），他们在市中心的梅伯里路租了一栋房子，在那里住了 18 个月，并于 10 月登记结婚。这 18 个月也许是他整个写作生涯中最具创造力和最多产的时期。

第一部长篇小说《时间机器》（*The Time Machine*）出版，颇受赞誉。同年出版的作品还有《与一位叔叔的对话》（*Select Conversations with an Uncle*）、《奇妙之旅》（*The Wonderful Visit*）、《杆状菌遭窃及其他事件》（*The Stolen Bacillus and Other Incidents*）。

◎ 1896 年　30 岁

《红屋》（*The Red Room*）、《莫罗博士岛》（*The Island of Doctor Moreau*）、《命运之轮》（*The Wheels of Chance*）出版。

◎ 1897 年　31 岁

《普拉特纳的故事和其他》（*The Plattner Storyand Others*）、《隐身人》（*The Invisible Man*）、《某些个人事务》（*Certain Personal Matters*）、《三十个奇怪的故事》（*Thirty Strange Stories*）出版。

◎ 1898年　32岁

《星际战争》(*The War of the Worlds*)出版。

◎ 1899年　33岁

《当睡者醒来时》(*When the Sleeper Wakes*)、《时空故事》(*Tales of Space and Time*)、《爱的对策》(*A Cure for Love*)、《荒国》(*The Vacant Country*)出版。

《当睡者醒来时》开创了科幻小说的一条重要血脉:反乌托邦小说。

◎ 1900年　34岁

《爱情与刘易舍姆先生》(*Love and Mr.Lewisham*)出版。

◎ 1901年　35岁

《预测》(*Anticipations*)、《最早登上月球的人》(*The First Men in the Moon*)、《机械和科学发展对人类生活和思想可能产生的作用》(*Anticipations of the Reaction of Mechanical and Scientific Progress upon Human Life and Thought*)出版。后者是他的第一本非虚构类畅销书。

与第二任妻子简的大儿子乔治·菲利普·威尔斯(George Philip Wells)出生。

◎ 1902年　36岁

《发现未来》(*The Discovery of the Feature*)、《海上女王》(*The Sea Lady*)发表。

◎ 1903年 37岁

经英国大文豪萧伯纳介绍，加入英国社会主义团体费边社。

与第二任妻子简的小儿子弗兰克·理查德·威尔斯（Frank Richard Wells）出生。

《十二个故事与一个梦》（*Twelve Stories and a Dream*）、《陆战铁甲》（*The Land Ironclads*）、《形成中的人》（*Mankind in the Making*）出版。

◎ 1904年 38岁

短篇小说《盲人国》（*The Country of the Blind*）发表，《神食》（*The Food of the Gods and How It Came to Earth*）出版。

◎ 1905年 39岁

《现代乌托邦》（*A Modern Utopia*）、《基普斯 ：一个简单灵魂的故事》（*Kipps: The Story of a Simple Soul*）出版。《现代乌托邦》是威尔斯的第一本乌托邦小说。

◎ 1906年 40岁

《彗星来临》（*In the Days of the Comet*）、《美国的未来》（*The Future in America*）出版。

◎ 1908年 42岁

《新世界》（*New Worlds for Old*）、《大空战》（*The Warin the Air*）、《一劳永逸的事务》（*First and Last Things*）出版。

因与费边社领导成员萧伯纳产生分歧，威尔斯退出了费边社。他的长篇小说《安·维罗妮卡》（*Ann Veronica*）和《新马基亚维利》（*The New Machiavelli*）反映的就是他在费边社时期的生活经验。

◎　1909 年　43 岁

作为皇家科学院的校友，帮助建立皇家科学院协会，成为该协会的第一任主席。

女作家安珀·里夫斯（Amber Reeves）为威尔斯生下一女：安纳·简（Anna Jane）。威尔斯与安珀的父母是通过费边社结识的。当年 7 月，在威尔斯的安排下，安珀与大律师 G.R. 布兰科·怀特结婚。安纳·简到 18 岁才得知自己的生父是威尔斯。在比阿特丽丝·韦伯（Beatrice Webb）对威尔斯的"肮脏阴谋"表示不满后，威尔斯在小说《新马基亚维利》中以比阿特丽丝·韦伯和她的丈夫西德尼·韦伯（Sydney Webb，两人均为费边社核心人物）为原型塑造了一对目光短浅的资产阶级操纵者"阿尔蒂奥拉和奥斯卡·贝利"。

《托诺－邦盖》（*Tono-Bungay*）、《安·维罗妮卡》（*Ann Veronica*）出版。

威尔斯创作过一系列以《托诺－邦盖》为代表的反映英国中下层社会的写实小说，但是知名度不如他所写的科幻小说。

◎　1910 年　44 岁

《波利先生的故事》（*The History of Mr Polly*）出版。

◎　1911 年　45 岁

《新马基亚维利》（*The new Machiavelli*）、《盲人国及其他故事》（*The

Country of the Blind and Other Stories)、《墙上的门》(*The Door in the Wall*)、《地面游戏》(*Floor Games*)出版。

◎ 1912年 46岁

《婚姻》(*Marriage*)、《伟大的国家》(*The Great State:Essaysin Construction*)、《劳工骚动》(*The Labour Unrest*)出版。

◎ 1913年 47岁

《战争与共识》(*War and Common Sense*)、《自由主义及其政党》(*Liberalism and Its Party*)、《小型战争》(*Little Wars*)、《感情热烈的朋友》(*The Passionate Friends*)出版。《小型战争》制定了微型战争游戏中的基础规则，推动了这类游戏的发展，所以威尔斯也被游戏玩家认为是"微型战争游戏之父"。但威尔斯其实是一个和平主义者。

◎ 1914年 48岁

威尔斯第一次访问沙俄。

《一个英国人看世界》(*An Englishman Looks at the World*)、《获得自由的世界》(*The World Set Free*)、《哈曼先生的妻子》(*The Wife of Sir Isaac Harman*)、《结束战争的战争》(*The War That Will End War*)出版。

比威尔斯年轻26岁的小说家和女权主义者丽贝卡·韦斯特(Rebecca West)为他生下一子安东尼·韦斯特(Anthony West)。

◎ 1915年　49岁

《世界的和平》(*The Peace of the World*)、《恩典》(*Boon*)、《比尔比》(*Bealby*)、《辉煌的研究》(*The Research Magnificent*)出版。

◎ 1916年　50岁

《世界将要发生什么？》(*What is Coming?*)、《布特林先生看穿了它》(*Mr. Britling Sees It Through*)、《重建的要素》(*The Elements of Reconstruction*)出版。

◎ 1917年　51岁

《战争与未来》(*War and the Future*)、《上帝是看不见的王》(*God the Invisible King*)、《一个有理智的人的和平》(*A Reasonable Man's Peace*)、《一个主教的心灵》(*The Soul of a Bishop*)出版。

◎ 1918年　52岁

《约翰与彼得》(*Joan and Peter*)、《第四年》(*In the Fourth Year*)出版。

◎ 1919年　53岁

《历史是唯一的》(*History is One*),《国联的思想》(*The Idea of a League of Nations*，与他人合著)和《通往国联之路》(*The Way to a League of Nations*，与他人合著)出版。

◎ 1920年 54岁

威尔斯第二次访问苏俄，在老友、著名作家高尔基的介绍下，受到了列宁的接见；撰写了《阴影下的俄国》(*Russia in the Shadows*)。

同年，与高尔基的情人莫拉·巴德伯格（Moura Budberg）发生了关系。莫拉和比他年长27岁的威尔斯成了情人。

第一次世界大战期间，完成了历史著作《世界史纲》(*The Outline of History*)，展现了他作为历史学家的一面。《世界史纲》开创了历史普及读物写作的新纪元，深受大众欢迎。

◎ 1921年 55岁

《救助文明》(*The Salvaging of Civilization*)、《新历史教学》(*The New Teaching of History*）出版。

威尔斯被提名诺贝尔文学奖。

◎ 1922年 56岁

《华盛顿与和平的希望》(*Washington and the Hope of Peace*)、《心脏的密所》(*The Secret Places of the Heart*)、《世界，其债务与富人》(*The World, Its Debts and the Rich Men*)、《世界简史》(*A Short History of the World*）出版。

◎ 1923年 57岁

《神一般的人》(*Men Like Gods*)、《社会主义与科学动机》(*Socialism and the Scientific Motive*）出版。

◎ 1924年　58岁

《一个伟大校长的故事》(*The Story of a Great School Master*)、《梦想》(*The Dream*)、《预言之年》(*A Year of Prophesying*)出版。

◎ 1925年　59岁

《克里斯蒂娜·阿尔贝塔的父亲》(*Christina Alberta's Father*)、《世界事务预测》(*A Forecast of the World's Affairs*)出版。

◎ 1926年　60岁

《威廉·克里索尔德的世界》(*The World of William Clissold*)、《贝洛克先生对〈世界史纲〉的反对意见》(*Mr. Belloc Objects to "The Outline of History"*)出版。

◎ 1927年　61岁

威尔斯的第二任妻子简因患癌症去世。

《遇到修正的民主》(*Democracy Under Revision*)出版。

◎ 1928年　62岁

《世界的走向》(*The Way the World is Going*)、《公开的密谋》(*The Open Conspiracy*)、《布莱茨先生在兰波岛》(*Mr.Blettsworthy on Rampole Island*)出版。

◎ 1929年　63岁

《曾是国王的国王》（*The King Who Was A King*）、《世界和平的共识》（*Common Sense of World Peace*）、《托米的冒险》（*The Adventures of Tommy*）、《帝国主义与公开的密谋》（*Imperialism and The Open Conspiracy*）出版。

◎ 1930年　64岁

《帕尔厄姆先生的独裁》（*The Autocracy of Mr.Parham*）、《生命的科学》（*The Science of Life*，与朱利安·S.赫胥黎和G.P.威尔斯合著）、《通向世界和平之路》（*The Way to World Peace*）、《令人烦恼的代表作问题》（*The Problem of the Troublesome Collaborator*）出版。

◎ 1931年　65岁

《劳动、财富与人类的幸福》（*The Work,Wealth and Happiness of Mankind*）出版。

◎ 1932年　66岁

《民主制之后》（*After Democracy*）、《布勒普的布勒普顿》（*The Bulpington of Blup*）、《现在应该做什么？》（*What Should be Done Now?*）出版。

威尔斯被第二次提名诺贝尔文学奖。

◎ 1933年 67岁

《未来世界》(*The Shape of Things to Come*) 出版。

5月10日，威尔斯的著作被柏林的纳粹青年焚烧，并被禁止进入图书馆和书店。

同年，莫拉·巴德伯格离开高尔基移居伦敦，她和威尔斯的情人关系又恢复了。威尔斯一再向她求婚，但莫拉坚决拒绝。威尔斯病危时，莫拉在侧照顾。

◎ 1934年 68岁

在德国笔会拒绝接纳非雅利安作家入会后，身为国际笔会主席的威尔斯将德国笔会驱逐出国际笔会，激怒了纳粹。

威尔斯在拜访美国总统富兰克林·罗斯福之后，第三次访问苏联，代表《新政治家》杂志（*The New Statesman*）对斯大林进行了3个小时的专访。他告诉斯大林，这次他看到了"健康的人们的快乐的面孔"，与他1920年访问莫斯科时形成鲜明对比。但他也对基于阶级的歧视、国家暴力和缺乏言论自由作出了批评。斯大林很喜欢这次采访，并作了相应的回答。作为总部位于伦敦的国际笔会主席，威尔斯希望自己的苏联之行能够赢得斯大林的支持——该笔会保护作家"写作不受威胁"的权利。

《斯大林与威尔斯对话》(*Stalin-Wells Talk*)、威尔斯自传《自传实验》(*Experiment in Autobiography*) 出版。

威尔斯患有糖尿病，同年成为糖尿病协会（现为英国糖尿病协会，英国最好的糖尿病慈善机构）的联合创始人。

◎ 1935年 69岁

《新美国》(*The New America*)出版。

威尔斯被第三次提名诺贝尔文学奖。

◎ 1936年 70岁

威尔斯被推举为英国科学促进会教育科学分会主席。

《挫折之解剖》(*The Anatomy of Frustration*)、《槌球运动员》(*The Croquet Player*)、《能够创造奇迹的人》(*Man Who Could Work Miracles*)出版。

◎ 1937年 71岁

《新人来自火星》(*Star Begotten*)、《布林希尔德》(*Brynhild*)、《探访康津》(*The Camford Visitation*)出版。

◎ 1938年 72岁

《兄弟》(*The Brothers*)、《世界大脑》(*World Brain*)、《关于多洛雷斯》(*Apropos of Dolores*)出版。

10月30日，哥伦比亚广播公司以实时新闻报道的形式在《空中水银剧场》(*The Mercury Theatreon the Air*)节目中播出根据《星际战争》改编的广播剧。部分听众信以为真，将广播剧误认为“火星人入侵地球”的新闻，产生恐慌。该事件成为传播学的经典案例。

◎　1939 年　73 岁

《神赐的恐惧》(*The Holy Terror*)、《一位共和激进分子寻找热水的旅行》(*Travels of a Republican Radical in Search of Hot Water*)、《人类的命运》(*The Fate of Homo Sapiens*)、《新世界的顺序》(*The New World Order*) 出版。

◎　1940 年　74 岁

《人类的权利，或者我们为何而战？》(*The Rights of Man,Or What Are We Fighting For？*)、《黑暗森林中的孩子》(*Babes in the Darkling Wood*)、《战争与和平的共识》(*The Common Sense of Warand Peace*)、《为了阿拉法特，所有人上船》(*All Aboard for Ararat*) 出版。

◎　1941 年　75 岁

《新世界指南》(*Guide to the New World*)、《你不可能太过小心》(*You Can't Be Too Careful*) 出版。

◎　1942 年　76 岁

《人类的远景》(*The Outlook for Homo Sapiens*)、《科学与世界思想》(*Science and the World-Mind*)、《菲尼克斯》(*Phoenix*)、《没有经验的幽灵》(*A Thesis on the Quality of Illusion*)、《时间的征服》(*The Conquest of Time*)、《人的新权利》(*The New Rights of Man*) 出版。

◎ 1943年 77岁

《克鲁克斯·安萨塔》(*Crux Ansata*)、《莫斯利暴行》(*The Mosley Outrage*)出版。

◎ 1944年 78岁

接近“二战”结束时，盟军发现，党卫军在海狮行动中编制了入侵英国后立即逮捕的人员名单，威尔斯在列。

《1942到1944年》(*'42 to'44*)出版。

◎ 1945年 79岁

《走投无路的心灵》(*Mind at the End of Its Tether*)、《幸福的转折》(*The Happy Turning*)出版。

◎ 1946年 80岁

8月13日，威尔斯在英国伦敦病逝。他在1941年版的《大空战》序言中写道，他的墓志铭应该是："我早就告诉过你们了，你们这些该死的蠢货。"

该年，威尔斯被第四次提名诺贝尔文学奖。

译者 | 陈震

陈震

知名译者。

1976 年秋生于江苏靖江。

鲁迅文学院首届翻译家班学员。

十年来出版译作十余部，广受读者好评。

主要译作

2011	[葡] 路易斯 · 洛伦索 :《穆里尼奥传》 [英] 埃里克 · 克莱普顿 :《天堂十字路口》 [美] 苏西 · 罗托洛 :《放任自流的时光》
2012	[英] 彼得 · 弗里斯通, [英] 大卫 · 埃文斯 :《谁愿永生》
2014	[英] 西尔维 · 西蒙斯 :《我是你的男人》 [美] 尼尔 · 杨 :《摇滚不死》
2015	[美] 巴迪 · 盖伊, [美] 大卫 · 瑞兹 :《布鲁斯往事》 [美] 迈克尔 · 夏邦 :《犹太警察工会》 [英] 皮特 · 汤森 :《我是谁人？》
2016	[英] 奥兹 · 奥斯本 :《摇滚狂人》
2017	[美] 鲍勃 · 迪伦 :《鲍勃 · 迪伦诗歌集（1961—2012）》
2019	[英] 马克 · 布莱克 :《无尽之河》
2020	[英] 赫伯特 · 乔治 · 威尔斯《时间机器》
2021	[英] 赫伯特 · 乔治 · 威尔斯《隐身人》 [英] 玛丽安 · 菲斯福尔《泪水流逝》

策　　划 | 作家榜
出　　品 |

出 品 人 | 吴怀尧
产品经理 | 廖　珂
版式设计 | 李孝红
封面插图 | ［俄］ANDREEV ALEKSEI
封面设计 | 徐言博
内文插图 | ［泰］J illustrator

图书在版编目（CIP）数据

时间机器 /（英）赫伯特 · 乔治 · 威尔斯著；陈震
译 . -- 北京：中信出版社，2020.5（2025.4 重印）
（作家榜经典文库）
书名原文：The Time Machine
ISBN 978-7-5217-1647-4

Ⅰ . ①时… Ⅱ . ①赫… ②陈… Ⅲ . ①幻想小说－英
国－现代 Ⅳ . ① I561.45

中国版本图书馆 CIP 数据核字 (2020) 第 035371 号

时间机器
著者：　［英］赫伯特 · 乔治 · 威尔斯
译者：　陈震
出版发行：中信出版集团股份有限公司
（北京市朝阳区东三环北路 27 号嘉铭中心　邮编　100020）
承印者：　北京盛通印刷股份有限公司

开本：889mm × 1194mm　1/32　　印张：4.75
字数：84 千字　　插页：8
版次：2020 年 5 月第 1 版　　印次：2025 年 4 月第 12 次印刷
书号：ISBN 978-7-5217-1647-4
定价：39.90 元